VOLLWERTKOST

Viele farbige
Gerichte zum Selberkochen

VOLLWERTKOST

Viele farbige Gerichte zum Selberkochen

ELIZABETH CORNISH

XENOS Verlagsgesellschaft m.b.H.

Deutsche Ausgabe:
ISBN 3-8212-0780-9

Am Hehsel 40, 2000 Hamburg 63
Übersetzt aus dem Englischen von Lucia Czernich, Haimhausen
Einbandgestaltung: Künne + Künne Werbeagentur, Hamburg
Satz: alphabeta Gerds & Kohn GmbH, Hamburg
Printed in Italy

Die englische Originalausgabe erschien 1985
unter dem Titel: Elizabeth Cornish
„The Wholefood Cookbook“
im Verlag Apple Press Ltd., London

INHALT

Mit Vollwertkost bringen Sie Qualität auf den Tisch. Die Frische und das Aroma naturbelassener Nahrungsmittel eröffnen eine breite Variante nahrhafter und wohlschmekkender Gerichte. Vollwertkost erfreut aber nicht nur den Gaumen, sie dient auch langfristig der Gesundheit.
Unsere Ernährungsweise neigt zu weichen, süßen Produkten und zur Verwendung vieler tierischer Fette. Zu stark behandelte Grundnahrungsmittel enthalten weniger Vitamine und Mineralstoffe. Chemische Zusätze können unliebsame Nebeneffekte bewirken. Die möglichst naturbelassenen Produkte – frisches Obst und Gemüse, ungemahlene Körner, Nüsse und Hülsenfrüchte – haben einen hohen Vitamin- und Mineralstoffgehalt, viele Ballaststoffe und wenig Fett.

Daher schmeckt Vollwertkost nicht nur hervorragend, sie schützt auch ein wenig vor den „Zivilisationskrankheiten“ wie Herzinfarkt, Übergewicht, Karies und Verdauungsprobleme.
Als das neue Interesse an gesunder Ernährung erwachte, sollten wir uns durch Berge von Rohkost essen. Das muß nicht sein. Mit einem durchschnittlichen Haushaltsbudget kann man seinen Vorratsschrank mit Hülsenfrüchten und Körnern, Honig und Sirup und den Kühlschrank mit Obst und Gemüse, Säften, Käse und Quark füllen. Wenn Sie Fisch und Fleisch lieben, können Sie auch dies – allerdings in Maßen – essen.
Mit diesen relativ schlichten, aber natürlichen Zutaten haben Sie alles, was Sie für eine appetitanregende, abwechslungsreiche und nahrhafte Küche benötigen.

GRUNDREZEPTE & SCHMACKHAFTE DRESSINGS

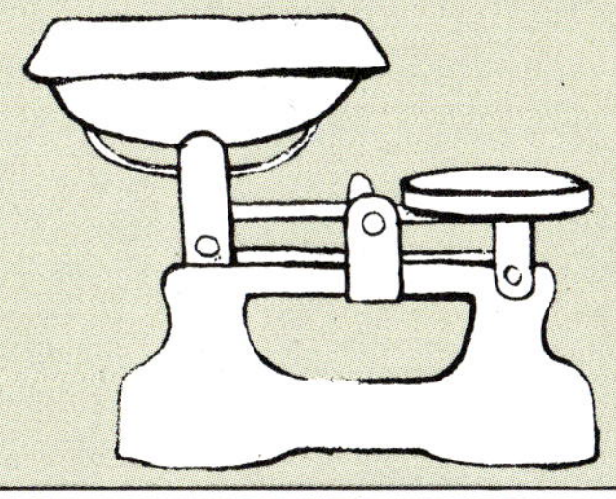

Schmackhafte Dressings können zu Salat oder warmem Gemüse, zu Linsen-Gemüse-Bällchen, zu Adzukibohnen-Burger, Falafel oder einfachen Fischgerichten gereicht werden.

TOFU-DRESSING

- 300 g Tofu
- 2 EL Zitronensaft
- 3 EL Öl
- 1 Prise Salz
- 1 TL Sojasauce
- 1 Knoblauchzehe, zerdrückt

Alle Zutaten in einem Mixer vermengen.

„RESTE"-GEMÜSE-BRÜHE

1–2 EL Öl

2 große Zwiebeln, gehackt

1 Knoblauchzehe, gehackt

2 Karotten, in Scheiben geschnitten

2 Stengel Schnittsellerie, kleingeschnitten

Saft von ½ Zitrone

1 große Kartoffel, geschält, in Würfel geschnitten

100 g Linsen, eingeweicht

Kohl- oder Blumenkohlstiele

Äußere Blätter von Kohl, Salat usw.

Beliebiges, nicht mehr ganz frisches Gemüse, wie weiche Tomaten oder Champignons

Gehackte frische Kräuter

2 l Wasser (einschließlich übriggebliebener Gemüsekochflüssigkeit, Tomatensaft aus Dosen usw.)

Salz und gemahlener schwarzer Pfeffer

2–3 EL Sojasauce

1 Das Öl in einem großen Topf erhitzen. Knoblauch und Zwiebeln darin unter Rühren glasig werden lassen.

2 Karotten, Sellerie und Zitronensaft dazugeben. Die Hitze reduzieren, den Topf zudecken und das Gemüse 5 bis 10 Minuten anschwitzen. Gelegentlich umrühren.

3 Das restliche Gemüse und die Kräuter hinzufügen und alles mit dem Wasser übergießen. Salzen und pfeffern und zugedeckt etwa 40 Minuten köcheln lassen, bis das Gemüse breiig ist.

4 Die Brühe verrühren und nach Geschmack mit Sojasauce würzen. Im Kühlschrank aufbewahren und innerhalb weniger Tage verbrauchen oder in einer Eiswürfelform einfrieren.

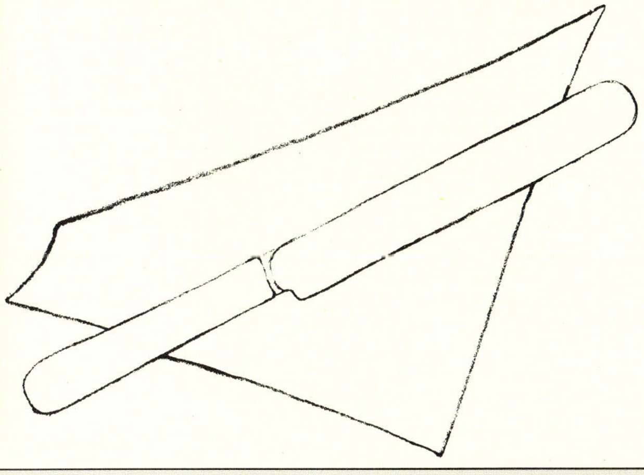

SCHARFE TOMATENSAUCE

1 EL Öl
1 Zwiebel, fein gehackt
2–3 Knoblauchzehen, fein gehackt
400 g Tomaten aus der Dose, zerdrückt, mit dem Saft
2 EL Tomatenmark
1 TL Kumin (Kreuzkümmel), gemahlen
1 TL Koriander, gemahlen
½ TL Chili, gemahlen
Salz

1 Das Öl in einer Pfanne erhitzen. Zwiebel und Knoblauch unter Rühren weichdünsten.

2 Die restlichen Zutaten in die Pfanne geben. Köcheln lassen, bis alles eingedickt ist. Abschmecken und zu einem Gemüse-Couscous (siehe Seite 90) servieren.

JOGHURT

1 l Milch

2 EL Naturjoghurt
(Zimmertemperatur)

Man kann Joghurt praktisch in jedem sterilen Behälter mit dicht schließendem Deckel herstellen, der sich in einer warmen Umgebung (zum Beispiel einem Herd auf niedrigster Flamme) befindet. Das Geheimnis der erfolgreichen Joghurtherstellung liegt aber in einer konstanten lauwarmen Temperatur, deshalb verwendet man am besten ein spezielles Gerät zur Joghurtbereitung. Mit 2 EL gekauftem Joghurt kann man seinen eigenen Joghurt herstellen. Die Zubereitung ist einfach, und die Kosten sind minimal.

1 Die Milch erhitzen. Kurz bevor sie zu kochen beginnt, den Topf vom Herd nehmen und die Milch abkühlen lassen, bis sie lauwarm ist. Wenn man einen Tropfen auf das Handgelenk fallen läßt, sollte er sich warm, aber nicht heiß anfühlen.

2 Den Joghurt in die ausgesuchten Behälter füllen und mit ein wenig Milch glattrühren. Die restliche Milch einrühren.

3 Zudecken und warm stellen. Der Joghurt sollte in den nächsten 4 Stunden nicht „gestört“ werden. Wenn er die richtige Konsistenz hat, stellt man ihn vor dem Verzehr in den Kühlschrank, bis er fest ist.

GURKEN-RAITA

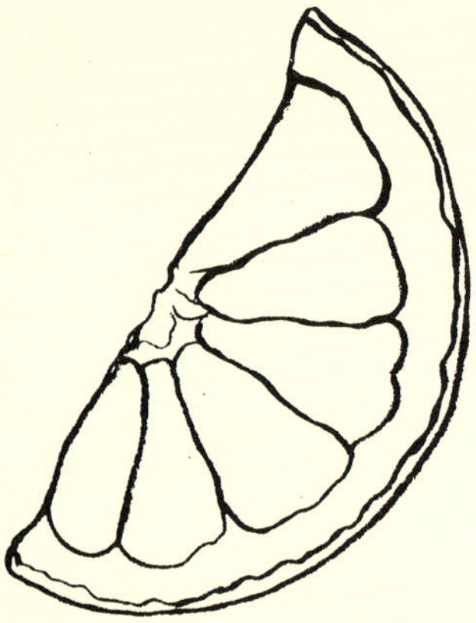

½ Gurke, geschält und gehackt
1 kleine Zwiebel, gehackt
500 ml Joghurt
1 Spritzer Zitronensaft
Salz und gemahlener schwarzer Pfeffer
Korianderblätter zum Garnieren

1 Alle Zutaten vermengen, nach Geschmack würzen und mit Korianderblättern garnieren. Ist Koriander nicht erhältlich, kann man auch Petersilie verwenden.

2 Vor dem Servieren gut kühlen.

Gurken-Raita

BLAUSCHIMMELKÄSE-DRESSING

- 250 ml Joghurt
- 50 g Blauschimmelkäse
- 3 EL Olivenöl
- Salz und gemahlener schwarzer Pfeffer

Alle Zutaten gründlich vermischen.

Blauschimmelkäse-Dressing

TOMATEN-DRESSING

4 EL Tomatenmark
3 EL Olivenöl
4 EL Zitronensaft
2 Knoblauchzehen, zerdrückt
1 kleine Zwiebel, fein gehackt
1 EL Honig
1 Prise Salz

Alle Zutaten gründlich vermischen.

TAHINI-DRESSING

250 ml Tahini	
4 EL Wasser	
4 EL Zitronensaft	
3 Knoblauchzehen, zerdrückt	
1 Prise Salz	

Alle Zutaten gründlich vermischen.

Tahini-Dressing

MAYONNAISE

2 Eidotter
½ TL Salz
1 TL Dijonsenf
300 ml Olivenöl
2 TL Apfelessig

1 Alle Zutaten sollen Zimmertemperatur haben.

2 Eidotter, Salz und Senf in eine Schüssel geben und mit einem Schneebesen schlagen.

3 Unter ständigem, gleichmäßigem Schlagen das Olivenöl dazugeben. Man kann in einen Korken eine Kerbe einschneiden und damit die Ölflasche verschließen, damit das Öl durch diese Kerbe nur tropfenweise heraustritt. Nur so kann es von den Eidottern absorbiert werden. Wenn das Öl eingerührt ist, sollte man eine dickflüssige, glänzende Masse haben, die am Schneebesen hängenbleibt.

4 Langsam den Essig einrühren. Soll die Mayonnaise dünnflüssiger sein, 1 EL heißes Wasser dazurühren.

MAYONNAISE „MALTAISE“
300 ml Mayonnaise (siehe oben)
Geriebene Schale und Saft von 2 Orangen

Alle Zutaten vermischen und zu gekochtem Gemüse, wie zum Beispiel Spargel oder Artischocken, servieren oder als Salatdressing verwenden.

Mayonnaise

SUPPEN, AUFSTRICHE & DIPS

KÄSE-ZWIEBEL-SUPPE

Für 4–6 Personen
1–2 EL Öl
2 mittelgroße Zwiebeln, in Scheiben geschnitten
1 l Brühe
250 g Kartoffeln
175 g Cheddar, gerieben
Salz
Sojasauce

1 Das Öl in einem großen Topf erhitzen und die Zwiebeln unter Rühren leicht anbräunen. Die Brühe dazugießen und zum Kochen bringen.

2 Die Kartoffeln schälen und in den Topf reiben. Die Hitze reduzieren und alles köcheln lassen, bis die Kartoffeln weich sind und die Suppe dickflüssig geworden ist.

3 Den geriebenen Käse hinzufügen und rühren, bis er geschmolzen ist. Nach Geschmack mit Salz und Sojasauce würzen. Vollkornbrot und einen knackigen grünen Salat dazu servieren.

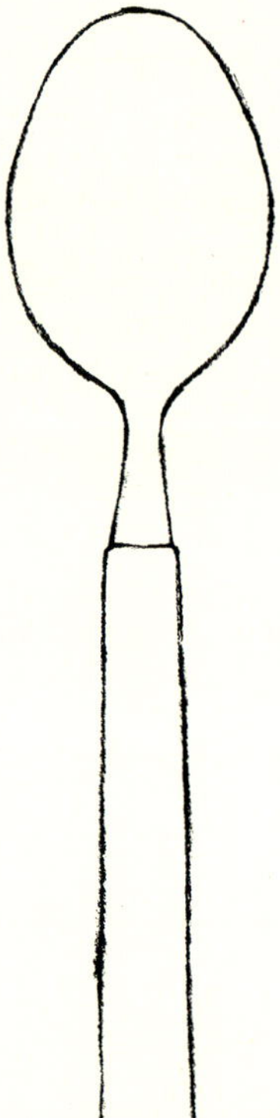

Käse-Zwiebel-Suppe

BOHNENSUPPE

Für 4–6 Personen
250 g weiße Bohnen
1–2 EL Öl
1 Zwiebel, gehackt
1 Knoblauchzehe, gehackt
2 Karotten, gehackt
2 Stengel Schnittsellerie, kleingeschnitten
200 g Tomaten, enthäutet (oder aus der Dose)
1 Zitronenscheibe
Sojasauce
Salz und gemahlener schwarzer Pfeffer
Petersilie

1 Die Bohnen über Nacht einweichen. In einem großen Topf mit Wasser (etwa 1 l) zum Kochen bringen und köcheln lassen, bis sie weich sind.

2 Inzwischen das Öl in einer Pfanne erhitzen und Knoblauch und Zwiebel darin weichbraten. Karotten, Sellerie und Tomaten, in dieser Reihenfolge, dazugeben und verrühren.

3 Das Gemüse in den Topf mit den Bohnen gießen. Die Zitronenscheibe und Sojasauce dazugeben. Nach Geschmack würzen. Gründlich erhitzen und mit Petersilie bestreut servieren. Man kann die Suppe auch leicht pürieren.

BRUNNENKRESSESUPPE

Für 4 Personen
1 Flöckchen Butter
1 große Zwiebel, gehackt
250 g Kartoffeln, geschält
1 l Brühe
Salz und gemahlener schwarzer Pfeffer
3 Büschel Brunnenkresse
Zum Servieren:
Sahne

1 Die Butter in einem großen Topf erhitzen. Die Zwiebel hineingeben und unter Rühren glasig werden lassen.

2 Kartoffeln, Brühe und Gewürze in den Topf geben. Zum Kochen bringen und köcheln lassen, bis die Kartoffeln mit einer Gabel zerdrückt werden können.

3 Die Kresse waschen und harte Stiele oder gelbe Blätter entfernen. Ein paar Blättchen zum Garnieren beiseite legen. Die restlichen Blätter grob hacken und in die Suppe geben. 2 Minuten kochen.

4 Die Suppe etwas abkühlen lassen, dann in einem Mixer pürieren. Ganz kalt werden lassen. Abschmecken und bei Bedarf nachwürzen. In den Kühlschrank stellen. Zum Servieren mit Kresseblättchen und einem Klacks Sahne garnieren.

BORSCHTSCH

Für 6 Personen
2 große Zwiebeln
3 große rote Bete
3 große Karotten
2 Pastinaken
4 Stengel Schnittsellerie
3 EL Tomatenmark
4 große Tomaten
½ kleiner Kopf Weißkraut, gehobelt
1 EL Honig
1 EL Zitronensaft
Salz und gemahlener schwarzer Pfeffer
1 Handvoll gehackte Petersilie
Etwas ungebleichtes Mehl
Saure Sahne oder Joghurt

1 Zwiebeln, rote Bete, Karotten, Pastinaken und Sellerie in feine Stifte schneiden. In einem großen Topf Salzwasser zum Kochen bringen. Tomatenmark und Gemüse hineingeben und 30 Minuten köcheln lassen.

2 Die Tomaten enthäuten, entkernen und kleinhacken. Mit Weißkraut, Honig, Zitronensaft und Gewürzen in den Topf geben. 5 Minuten köcheln lassen, dann die Petersilie hinzufügen.

3 Falls nötig, die Suppe mit einer Mischung aus saurer Sahne und Mehl eindicken. Am besten schmeckt die Suppe, wenn sie am Tag vor dem Verzehr zubereitet wird. Wieder erhitzen und ein Schüsselchen saure Sahne oder Joghurt dazu reichen.

GAZPACHO

Für 4–6 Personen
500 g große reife Tomaten
1 große Zwiebel
2 Knoblauchzehen
1 grüne Paprikaschote
1 rote Paprikaschote
½ Gurke
2 Scheiben Vollkornbrot
3 EL Olivenöl
3 EL Weinessig
300 ml Tomatensaft
300 ml Wasser
Salz und gemahlener schwarzer Pfeffer

1 Die Tomaten enthäuten, Saft und Kerne entfernen und das Fleisch hacken. Zwiebel und Knoblauch schälen und fein hacken. Die Paprikaschoten putzen und in Würfel schneiden. Die Gurke schälen und in Würfel schneiden. Das Brot in Würfel schneiden (die Rinde entfernen).

2 Gemüse und Brot in eine große Schüssel füllen. Die restlichen Zutaten darübergeben, umrühren und würzen. Gut kühlen – am besten über Nacht in den Kühlschrank stellen.

3 Man kann die Suppe auch pürieren. In diesem Fall reicht man Schälchen mit gehackten Zwiebeln, Tomaten, Paprikas, Gurken und mit Croûtons als Garnierung zu der Suppe.

ERNTESUPPE

Für 4–6 Personen
1–2 TL Öl
1 Zwiebel, gehackt
350 g Kürbis, geschält, in Würfel geschnitten
250 g Karotten, in Scheiben geschnitten
2 Kartoffeln
Saft von ½ Zitrone
1 l Brühe
Salz und gemahlener schwarzer Pfeffer
1 Zucchini, in Scheiben geschnitten (nach Geschmack)
50 g Stangenbohnen, in Scheiben geschnitten (nach Geschmack)
Basilikumblätter zum Garnieren

1 Das Öl in einem großen Topf erhitzen und die Zwiebel darin glasig dünsten.

2 Kürbis, Karotten und Kartoffeln in den Topf geben und mit Zitronensaft übergießen. Deckel auflegen und alles 5 Minuten anschwitzen.

3 Brühe und Gewürze dazugeben und köcheln lassen, bis die Kartoffeln weich sind. Die Suppe ganz oder teilweise pürieren.

4 Wenn gewünscht, Zucchini und Bohnen hinzufügen und alles weitere 4 Minuten köcheln. Würzen.

5 Mit Basilikumblättchen garnieren. Man kann beim Servieren auch Parmesankäse auf die Suppe streuen.

Erntesuppe

DAL

Für 4 Personen
250 g gelbe Erbsen
Salz
½ TL Kurkuma
2 EL Öl oder geklärte Butter (Butterschmalz)
1 TL Korianderkörner
1 TL Kuminsamen
3 Knoblauchzehen, fein gehackt

1 Die Erbsen in reichlich kaltem Wasser etwa 4 Stunden einweichen. Abtropfen lassen und gut abspülen. Mit 1 l Wasser in einen Topf geben und zum Kochen bringen. Falls sich Schaum bildet, schöpft man ihn mit einem Löffel ab. Kurkuma in den Topf geben. Köcheln lassen, bis die Erbsen weich sind. Die Kochtemperatur sehr niedrig halten, da die Erbsen sonst breiig werden. Rühren, damit sie nicht anbrennen.

2 Das Öl oder Butterschmalz in einem Topf erhitzen. Sobald das Fett heiß ist, Koriander und Kumin hineingeben und umrühren. Den Knoblauch hinzufügen. Unter Rühren braun werden lassen. Alles in den Topf mit den Erbsen umfüllen und heiß oder kalt mit indischem Brot servieren.

GEMÜSE MIT AÏOLI

Aïoli
4 große Knoblauchzehen, geschält
Salz und gemahlener schwarzer Pfeffer
1 Eidotter
125 ml Olivenöl
2 TL heißes Wasser
2 EL Zitronensaft

Dazu eine Auswahl an gekochtem und rohem Gemüse der Saison:

Rohes Gemüse	**Gekochtes Gemüse**
Karotten	Lauch
Blumenkohl	Pastinaken
Frühlingszwiebeln	Zucchini
Radieschen	Grüne Bohnen
Champignons	Broccoli
Paprikaschoten	Kartoffeln
Tomaten	Artischocken
Bleichsellerie	Fenchel

1 Den Knoblauch in einem Mörser oder mit der Knoblauchpresse zu einer breiigen Masse zerdrücken. Salzen und pfeffern.

2 Das Eigelb dazugeben und mit dem Knoblauch zu einer glatten, cremigen Paste zerstoßen.

3 Das Olivenöl ganz langsam unter Rühren zu der Paste geben. Langsam und sorgfältig arbeiten, da die Sauce sonst gerinnt.

4 Wenn die Sauce dickflüssig ist, Wasser und Zitronensaft einrühren.

5 Das Gemüse schälen und in appetitliche Stücke schneiden. Das Gemüse, das gekocht werden muß, vorsichtig dämpfen, bis es gerade weich ist, aber noch „Biß“ hat. Auf einer Servierplatte anrichten und ein Schälchen mit Aïoli in die Mitte stellen. Als Vorspeise servieren.

HUMMUS

Für 4 Personen
250 g Kichererbsen
1,5 l Wasser
150 ml Tahinipaste
Saft von 2–3 Zitronen
3 Knoblauchzehen, zerdrückt
75 ml Olivenöl
Salz und gemahlener schwarzer Pfeffer

1 Die Kichererbsen über Nacht einweichen, dann in dem Wasser weichkochen. Die Kochzeit kann zwischen 20 Minuten und einer Stunde variieren, je nach Alter der Kichererbsen.

2 Die Kichererbsen in einem Mixer mit etwas von der Kochflüssigkeit und den restlichen Zutaten pürieren. Das Püree sollte nicht zu fein werden. Nach Geschmack noch zusätzlich Knoblauch und Gewürze hineinmischen.

3 Mit einer Prise Cayennepfeffer bestreuen, mit Zitronenschnitzen, Frühlingszwiebeln, Radieschen und schwarzen Oliven garnieren. Hummus paßt gut zu warmem Pitta-Brot (siehe Seite 107).

GUACAMOLE

Für 2–4 Personen
2 große reife Avocados
2 große reife Tomaten
1 Bund Frühlingszwiebeln
1–2 EL Olivenöl
1–2 EL Zitronensaft
Salz und gemahlener schwarzer Pfeffer
2 grüne Chilischoten

1 Das Fleisch der Avocados zerdrücken. Die Tomaten enthäuten, entkernen und fein hacken. Die Knollen der Frühlingszwiebeln hacken.

2 Das Gemüse mit Olivenöl und Zitronensaft vermengen und nach Geschmack würzen. Mit gehacktem grünem Chili garnieren. Gut gekühlt als Dip oder zu heißem Pitta-Brot (siehe Seite 107) servieren.

Ganz links: Hummus

Links: Guacamole

BOHNENPASTE

Für 4 Personen
350 g geschälte dicke (Puff-)Bohnen
Etwa 175 g Sahnekäse
Salz und gemahlener schwarzer Pfeffer
Minzezweige

1 Sind die Bohnen schon älter, sollte man sie vor oder nach dem Kochen schälen. In Salzwasser langsam weichkochen.

2 Die Bohnen zusammen mit dem Käse zu einem dicken Püree verarbeiten (Mixer). Mit Salz und Pfeffer würzen. Die Masse in kleine Formen drücken und jede Portion mit einem Minzezweig garnieren. Vollkorntoasts in Dreiecke schneiden und zu der Paste servieren.

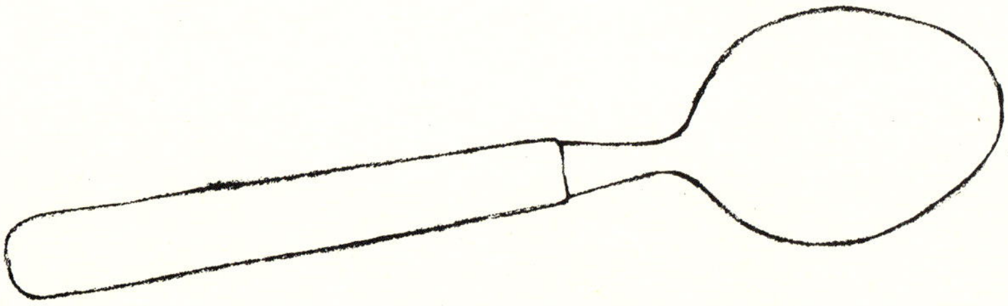

SALATE

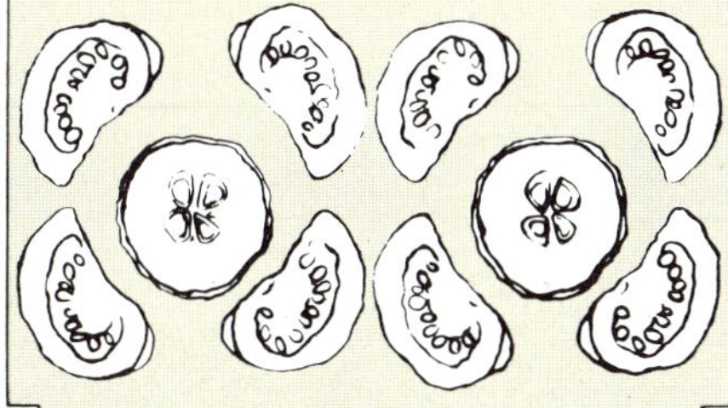

KARTOFFELSALAT MIT MEERRETTICH

Für 4 Personen
700 g neue Kartoffeln
150 ml saure Sahne
3 EL Meerrettich, fein gerieben
1 Prise Paprikapulver
½ TL Honig
Salz und gemahlener schwarzer Pfeffer
1 Bund Frühlingszwiebeln oder Schnittlauch
1 Handvoll gehackte Petersilie

1 Die Kartoffeln gründlich waschen, aber nicht schälen. In Salzwasser weichkochen.

2 Inzwischen das Dressing zubereiten. Saure Sahne, Meerrettich, Paprika und Honig verrühren. Gut vermischen und mit Salz und Pfeffer würzen.

3 Die Frühlingszwiebeln putzen und die Stengel so einschneiden, daß sie sich nach außen rollen. Den Schnittlauch hacken.

4 Wenn die Kartoffeln weich sind, noch heiß in Scheiben schneiden und mit der Petersilie in die Sauce mischen. Mit Zwiebeln oder Schnittlauch bestreuen. Sofort heiß servieren oder kühlen und kalt reichen.

BLUMENKOHL-BLAUSCHIMMELKÄSE-JOGHURT-SALAT

Für 4 Personen
1 Blumenkohl
4 EL Joghurt
2 EL Blauschimmelkäse, weich
4 EL Petersilie, gehackt
Salz und gemahlener schwarzer Pfeffer

1 Den Blumenkohl in kleine Röschen zerteilen. Die Stiele aufheben und für eine Suppe verwenden.

2 Joghurt und Käse mit einer Gabel zerdrücken und vermengen. Blumenkohl und Petersilie dazugeben und alles salzen und pfeffern.

GRIECHISCHER SALAT

Für 4 Personen
1 Eisbergsalat, geschnitten
2 Fleischtomaten, in Scheiben geschnitten
½ Gurke, in dünne Scheiben geschnitten
1 Zwiebel, grob gehackt
Ein paar schwarze Oliven
175 g Schafskäse, in Würfel geschnitten
Olivenöl
Salz und reichlich gemahlener schwarzer Pfeffer

1 Käse und Gemüse in eine große Schüssel geben. So viel Öl dazugießen, daß der Salat davon gerade umhüllt ist. Salzen und pfeffern und gründlich mischen.

2 Eine Stunde in den Kühlschrank stellen. Wieder mischen und nach Geschmack würzen. Servieren.

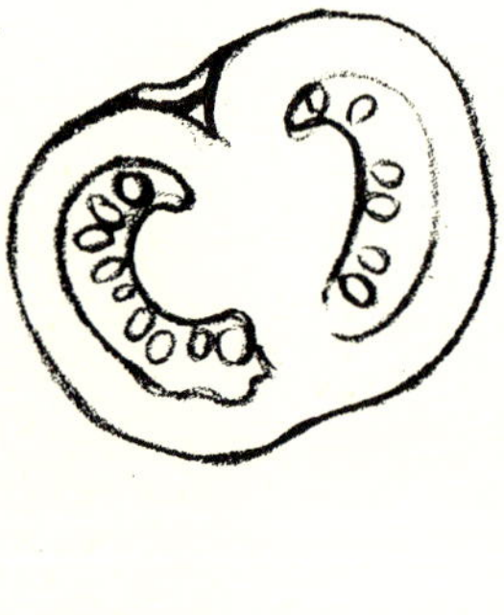

SPINAT-ORANGEN-SALAT

Für 2–4 Personen
500 g junge Spinatblätter
1 Bund Brunnenkresse
1 große, saftige Orange
1–2 EL Olivenöl
Salz und gemahlener schwarzer Pfeffer
Knusprige Schinkenstückchen (nach Geschmack)

1 Nur junge, zarte Spinatblättchen für diesen Salat verwenden. Ältere Blätter sind zu bitter und zu hart, um roh gegessen zu werden. Den Spinat waschen und die Stengel entfernen. In mundgerechte Stücke zerpflücken.

2 Die Kresse waschen, harte Stengel und gelbe Blätter entfernen. Spinat und Kresse gut abtropfen lassen.

3 Die Orange schälen. Haut und Kerne entfernen und die Orange in möglichst dünne Scheiben schneiden, dann vierteln.

4 Alle Zutaten in einer großen Schüssel vermengen, Olivenöl, Salz und Pfeffer dazugeben. Nach Geschmack kann man knusprige Schinkenstücke zu diesem Salat geben.

KIDNEY-BOHNEN-KICHERERBSEN-MAIS-SALAT

Für 4 Personen
175 g Kidney-Bohnen
175 g Kichererbsen
175 g Maiskörner, gekocht
6 Frühlingszwiebeln
2 sehr große Tomaten
Tofu-Dressing (siehe Seite 10)

1 Bohnen und Erbsen jeweils getrennt über Nacht einweichen. In Wasser köcheln lassen, bis sie weich sind. Abtropfen und abkühlen lassen.

2 Die Zwiebeln hacken und die Tomaten in Scheiben schneiden.

3 Alle Zutaten in Tofu-Dressing wenden und bei Zimmertemperatur zusammen mit heißem Pitta-Brot (siehe Seite 107) servieren.

KRAUTSALAT

Für 6 Personen
1 kleiner, fester Kopf Weißkraut
250 g Karotten
2 EL Schnittlauch, gehackt
50 g Sultaninen
1 EL Sesamsamen
Mayonnaise (siehe Seite 19)

1 Das Kraut fein schneiden oder hobeln, den Strunk entfernen. Die Karotten reiben.

2 Alle Zutaten in die Mayonnaise geben und den Salat gründlich mischen. Abschmecken und bei Bedarf nachwürzen. Über Nacht in den Kühlschrank stellen. Vor dem Servieren noch einmal mischen.

Krautsalat

ERDBEER-AVOCADO-SALAT

Für 4 Personen
2 Avocados
250 g Erdbeeren
2 EL Erdbeeressig
2 EL Öl
1 TL Honig
Salz und gemahlener schwarzer Pfeffer

1 Die Avocados halbieren, die Steine entfernen und das Fleisch möglichst in je einem Stück aus der Schale lösen. In Scheiben schneiden.

2 Die Erdbeeren waschen und putzen und in Scheiben schneiden. Die Avocado- und Erdbeerscheiben auf 4 kleinen Tellern anrichten.

3 Essig, Öl und Honig verrühren, salzen und pfeffern. Über den Salat verteilen. Den Salat als Vorspeise oder als Beilage zu weißem Fisch, Fleisch oder Eierspeisen servieren.

EIER-NUDEL-SALAT

Für 4 Personen
250 g Vollkornnudeln oder grüne Nudeln
Öl
4 Eier
100 g grüne Bohnen
2 Stangen Bleichsellerie
1 Dessertapfel
50 g Walnüsse
Mayonnaise (siehe Seite 19)
Salz und gemahlener schwarzer Pfeffer
1–2 EL Dill
Hühnerfleisch, in Scheiben (nach Geschmack)

1 Die Nudeln in reichlich sprudelndem Salzwasser al dente kochen. Dem Wasser zuvor 2 TL Öl beigeben. Die Nudeln abtropfen und abkühlen lassen.

2 Die Eier hartkochen, abschrecken und schälen. Abkühlen lassen und vierteln.

3 Die Bohnen putzen und in mundgerechte Stücke schneiden. In Salzwasser köcheln, bis sie gar, aber nicht weich sind. Abtropfen und abkühlen lassen.

4 Die Selleriestangen hacken. Den Apfel schälen, das Kernhaus entfernen und den Apfel in Scheiben schneiden.

5 Alle Zutaten, bis auf die Eier, in die Mayonnaise geben und mischen. Salzen und pfeffern und den Salat mit Dill und Eiern garnieren. Wer will, kann Hühnerfleisch in den Salat mischen.

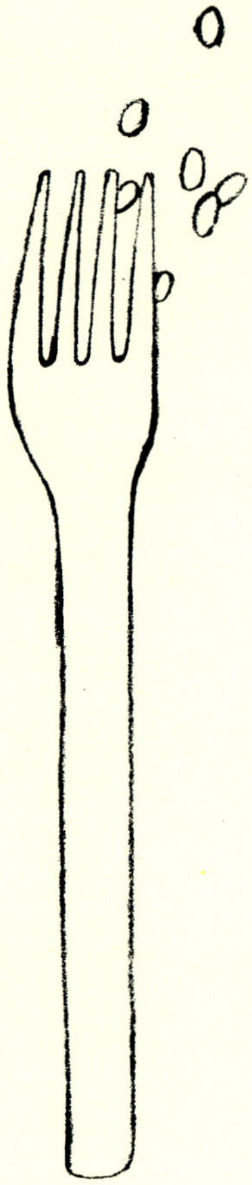

GEMÜSE

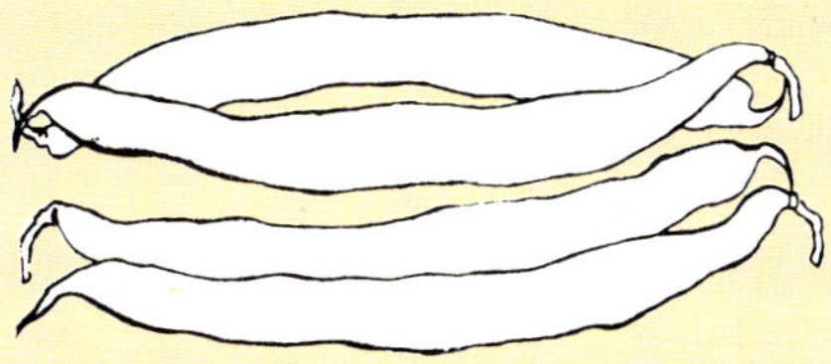

ROSENKOHL MIT KNOBLAUCH UND PILZEN

Für 4 Personen
2–3 EL Öl
4 Knoblauchzehen, gehackt
500 g Rosenkohl, in dünne Scheiben geschnitten
100 g Champignons, in Scheiben geschnitten

1 Etwas Öl in einem Wok oder einer tiefen Pfanne erhitzen. Den Knoblauch darin unter Rühren braun und knusprig braten.

2 Pilze und Rosenkohl dazugeben und rühren, bis sie ganz mit Öl und Knoblauch umhüllt sind. 1–2 Minuten unter Rühren braten. Paßt gut zu Bohnengerichten.

SPINATRING

Für 4 Personen
1 kg Spinat
45 g Butter
50 g Mehl (ungebleicht)
300 ml Milch
50 g Parmesan
Salz und gemahlener schwarzer Pfeffer
3 Eier
Tomatensauce
1–2 EL Öl
1 Zwiebel, fein gehackt
2 Knoblauchzehen, zerdrückt
400 g Tomaten aus der Dose, püriert
1 EL Tomatenmark
Salz und gemahlener schwarzer Pfeffer

1 Das Backrohr auf 190° (Gas Stufe 5) vorheizen. Eine Ringform (1,7 l) einfetten.

2 Den Spinat waschen und die harten Stengel entfernen. Den Spinat salzen und pfeffern und mit 15 g Butter in einen großen, gut schließenden Topf geben. Bei niedriger Temperatur etwa 5 Minuten kochen. Gelegentlich umrühren. Den Spinat abtropfen lassen und pürieren.

3 Käsesauce: Die restliche Butter in einem schweren Topf erhitzen und das Mehl einrühren. Langsam die Milch einrühren, dann den Käse. Die Sauce salzen und pfeffern und rühren, bis sie Blasen wirft und dickflüssig wird. Bei niedriger Temperatur eine Minute weiterkochen, dann gründlich mit dem Spinat vermengen.

4 Die Eier trennen. Die Dotter mit der Spinatmischung verrühren. Die Eiweiß steifschlagen und unter die Masse heben. In die Ringform füllen und 30–40 Minuten backen, bis die Masse aufgegangen und etwas fest ist.

5 Tomatensauce: Das Öl in einer Pfanne erhitzen und Knoblauch und Zwiebel darin unter Rühren glasig werden lassen. Die Tomaten hinzufügen, den Saft aufheben. Tomatenmark einrühren und die Sauce salzen und pfeffern. 5 Minuten köcheln lassen, falls nötig, Saft dazugießen.

6 Die Spinatform ein paar Sekunden in eiskaltes Wasser tauchen, dann mit einem dünnen Messer entlang der Innenränder fahren und den Spinatring auf eine warme Platte stürzen. Die Tomatensauce auf dem Ring verteilen.

Vollkornbrot, neue Kartoffeln oder einen knackigen Salat dazu reichen.

LA LECHUGA

Für 4 Personen
1 fester Salatkopf, am besten Eisbergsalat
4 EL Olivenöl
4 Knoblauchzehen, fein gehackt

1 Die äußeren Salatblätter entfernen und den Salatkopf der Länge nach durchschneiden. Jede Hälfte in 3 Teile schneiden. Kühl lagern.

2 Das Öl in einer Pfanne erhitzen und den Knoblauch darin unter Rühren braun werden lassen. Das Öl über den Salat gießen und diesen sofort servieren. Am besten ißt man den Salat mit den Fingern, deshalb sollte man viele Servietten bereithalten. Dieser Salat ist eine ungewöhnliche und appetitanregende Vorspeise für ein sommerliches Mahl.

SOMMERLICHE GEMÜSEPASTETEN

Ergibt 4 Stück
Teig
Siehe Seite 96
Geschlagenes Ei zum Bestreichen
Füllung
100 g Kartoffeln, gewürfelt
4 junge Karotten, in Scheiben geschnitten
50 g Erbsen
2 junge Zucchini, in Scheiben geschnitten
2 Stangen Sellerie, in Scheiben geschnitten
½ grüne Paprikaschote, gewürfelt
Käsesauce
25 g Butter
25 g Mehl (ungebleicht)
300 ml Milch
50 g Cheddar, gerieben
Salz und gemahlener schwarzer Pfeffer

1 Den Teig zubereiten. Das Backrohr auf 180° (Gas Stufe 4) vorheizen.

2 Kartoffeln und Karotten in Salzwasser kochen, bis sie weich sind, aber noch „Biß" haben. Das restliche Gemüse in einem anderen Topf 2 Minuten kochen. Abtropfen lassen.

3 Käsesauce: Die Butter in einem schweren Topf erhitzen, das Mehl einrühren und langsam die Hälfte der Milch unter Rühren hinzufügen. Den Käse dazugeben und rühren, bis der Käse geschmolzen ist. Noch etwas Milch einrühren, salzen und pfeffern. Die Sauce nicht zu dünnflüssig machen, da sie sonst aus den Teigformen rinnt. Sauce und Gemüse mischen.

4 Den Teig in 4 Kugeln teilen und ausrollen. Die Füllung auf die Teigformen verteilen. Den Teig zu Pasteten zusammenfalten und mit Ei bestreichen. Die Pasteten auf ein Backblech legen und etwa 30 Minuten backen, bis der Teig gar ist.

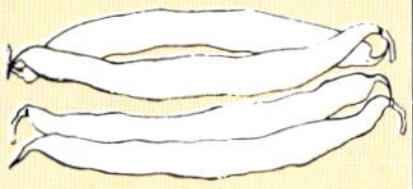

ARTISCHOCKEN MIT TOMATENSAUCE

Für 4 Personen
4 große Artischocken
1–2 EL Öl
1 große Zwiebel, gehackt
2 Knoblauchzehen, gehackt
400 g Tomaten aus der Dose, püriert
1 EL Tomatenmark
2 TL frischer Oregano, gehackt
Zitronensaft
Salz und gemahlener schwarzer Pfeffer

1 Die Artischocken gründlich unter fließendem, kaltem Wasser abspülen und abtropfen lassen. In einem großen Topf reichlich Salzwasser zum Kochen bringen und die Artischocken hineingeben. Je nach Größe 30–50 Minuten kochen lassen. Wenn man die äußeren Blätter leicht abziehen kann, sind die Artischocken fertig.

2 Sauce: Das Öl in einem Topf erhitzen und Knoblauch und Zwiebel darin glasig dünsten. Tomaten, Tomatenmark und Oregano dazugeben und die Sauce reduzieren, bis sie dickflüssig ist. Mit Salz, Pfeffer und einem Spritzer Zitronensaft würzen.

3 Die Artischocken abtropfen lassen. Wenn sie abgekühlt sind, die inneren Blättchen mit dem haarigen Innenteil entfernen. Die Artischocken mit Tomatensauce füllen. Auf 4 kleine Teller etwas Sauce geben und je eine Artischocke darauf stellen.

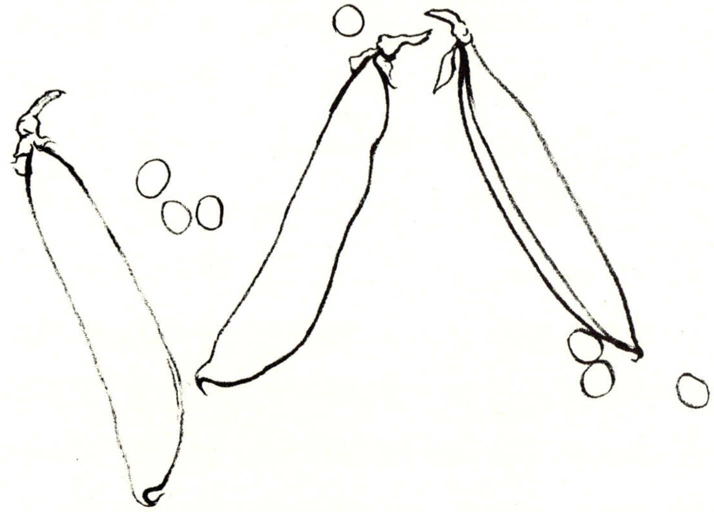

WÜRZIGE BOHNEN-TOMATEN-PASTETEN

Ergibt 4 Stück
Teig
Siehe Seite 96
Geschlagenes Ei zum Bestreichen
Füllung
1–2 EL Öl
1 TL Fenchelsamen
1 Scheibe frischer Ingwer
2 Knoblauchzehen, zerdrückt
1 kleine Zwiebel, gehackt
75 g Kartoffeln, vorgekocht und gewürfelt
100 g Prinzeßbohnen, vorgekocht und kleingeschnitten
400 g Tomaten, püriert
1 TL Garam Masala
Salz und gemahlener schwarzer Pfeffer

1 Den Teig zubereiten und 30 Minuten kühlen. Das Backrohr auf 180° (Gas Stufe 4) vorheizen.

2 Das Öl in einer Pfanne erhitzen und dann die Fenchelsamen hineingeben. Ingwer, Knoblauch und Zwiebel einrühren. Unter Rühren hellbraun werden lassen.

3 Kartoffeln und Bohnen einrühren. So viel Tomaten und Tomatensaft dazugeben, daß die Mischung nicht am Topf klebt. Mit Garam Masala, Salz und Pfeffer würzen und etwa 5 Minuten köcheln lassen. Gelegentlich umrühren und eventuell noch mehr Tomatensaft dazugießen. Die Mischung soll nicht zu feucht werden.

4 Den Teig in vier Portionen teilen und ausrollen. Die Füllung auf die Teigformen verteilen und den Teig zu Pasteten zusammenfalten. Mit Ei bestreichen und die Pasteten auf ein Backblech legen und etwa 30 Minuten backen, bis der Teig fertig ist. Zu den Pasteten serviert man Gurken-Raita (siehe Seite 14).

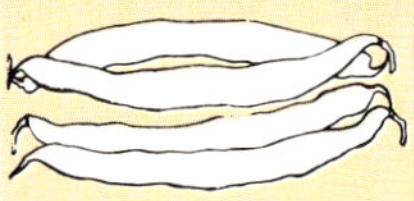

KNOBLAUCHPILZE

Für 4 Personen
16 offene Champignons, etwa 3 cm Ø
2 Scheiben Vollkornbrot, zerkrümelt
150 ml warme Milch
4 Knoblauchzehen
100 g frische gemischte Kräuter, gehackt
Etwas Öl
Salz und gemahlener schwarzer Pfeffer
Ein paar Zweige Brunnenkresse

1 Das Backrohr auf 180° (Gas Stufe 4) vorheizen.

2 Die Champignonköpfe abreiben. Die Stiele entfernen, hacken und beiseite legen.

3 Die Brotkrümel in Milch einweichen, bis sie weich sind, dann ausdrücken.

4 Knoblauch, Kräuter und etwas Öl in einem Mörser zu einer Paste zerdrücken. Die Pilzstiele dazugeben und zerdrücken. Die Paste mit den Brotkrümeln vermengen und mit Salz und Pfeffer würzen.

5 Die Füllung in die Pilzkappen füllen und diese in eine leicht eingeölte feuerfeste Form legen. Etwa 15 Minuten backen, bis die Pilze weich sind und die Füllung an der Oberfläche knusprig geworden ist. Mit Brunnenkresse garnieren. Pro Person 4 Pilze als Vorspeise servieren.

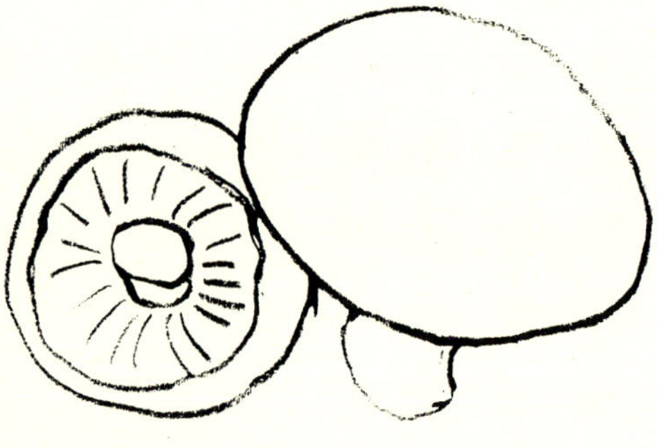

GEFÜLLTER MARKKÜRBIS

Für 4–6 Personen
1 Markkürbis
Salz und gemahlener schwarzer Pfeffer
75 g Naturreis
2 kleine Karotten, gewürfelt
50 g Erbsen
1–2 EL Öl
1 Zwiebel, gehackt
1 Knoblauchzehe, gehackt
1 Stange Sellerie, gehackt
Etwas Petersilie, gehackt
2 EL Haselnüsse, gehackt
Tomatensauce
1–2 EL Öl
1 Zwiebel, gehackt
2 Knoblauchzehen, gehackt
400 g Tomaten aus der Dose, püriert
1 EL Tomatenmark
Salz und gemahlener schwarzer Pfeffer

1 Das Backrohr auf 180° (Gas Stufe 4) vorheizen. Den Kürbis der Länge nach halbieren und die Kerne entfernen. Das Fruchtfleisch salzen und mit der Schnittseite nach unten legen, damit das Wasser abläuft.

2 Füllung: Den Reis in einem Topf mit Salzwasser gerade weichköcheln (30 Minuten). Abtropfen lassen.

3 Karotten und Erbsen ankochen, dann abtropfen lassen. Das Öl in einem Topf erhitzen und Knoblauch und Zwiebel darin glasig dünsten. Sellerie, Karotten und Erbsen dazugeben. Reis, Petersilie und Nüsse einrühren. Alles salzen und pfeffern. Die Kürbishälften abtrocknen und in eine Hälfte die Füllung geben. Die andere Hälfte darüber decken.

4 Tomatensauce: Das Öl in einem Topf erhitzen. Zwiebel und Knoblauch hineingeben und unter Rühren weichdünsten. Tomaten und Tomatenmark in den Topf geben und alles 5 Minuten köcheln lassen. Gelegentlich umrühren. Salzen und pfeffern.

5 Den Kürbis in eine Backform legen und die Sauce um den Kürbis verteilen. Die Form zudecken und 45 Minuten ins Rohr stellen, bis der Kürbis weich ist. Heiß oder kalt mit einem knackigen grünen Salat servieren.

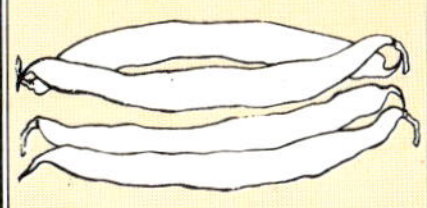

GERASPELTE KAROTTEN UND KRAUT

Für 4 Personen
2 EL Öl
1 TL Senfkörner
1 fester junger Kopf Spitzkohl, fein gehobelt
500 g Karotten, geraspelt
Etwas Honig
Salz und gemahlener schwarzer Pfeffer

1 Das Öl in einem schweren Topf mit Deckel erhitzen. Dann die Senfkörner hineingeben.

2 Sobald die Senfkörner zu platzen beginnen, das Gemüse darauf häufen und mit Honig beträufeln. Alles gut verrühren, die Hitze reduzieren und den Topf zudecken. Alles etwa 3 Minuten garen, bis das Gemüse gerade weich ist. Würzen und sofort servieren.

KARTOFFEL-GNOCCHI

Für 4 Personen
1 kg Kartoffeln
250 g Vollkornmehl
Salz
1 Ei
50 g Butter
100 g Mozzarella, in dünne Scheiben geschnitten
Tomatensauce
1–2 EL Öl
1 Zwiebel, gehackt
2 Knoblauchzehen, gehackt
400 g Tomaten aus der Dose, püriert
2 EL Tomatenmark
Salz und gemahlener schwarzer Pfeffer
1 EL frischer Oregano, gehackt

1 Das Backrohr auf 190° (Gas Stufe 5) vorheizen.

2 Die Kartoffeln schälen und weichkochen. Zerdrücken, Mehl, Salz, Ei und die Hälfte der Butter mit den Kartoffeln zerkneten. Die Masse zu Kugeln formen.

3 Tomatensauce: Das Öl erhitzen und Knoblauch und Zwiebel darin anbraten. Tomaten, Tomatenmark, Gewürze und Kräuter dazugeben und alles 5 Minuten köcheln lassen. Gelegentlich umrühren.

4 Die Gnocchi zusammen mit dem Käse in eine feuerfeste Form geben und Butterflöckchen darauf verteilen. Die Tomatensauce in die Form gießen und mit einer Schicht Käse bedecken.

5 Etwa 20 Minuten im Rohr backen, bis die Gnocchi gründlich erhitzt sind und der Käse geschmolzen ist.

EIER

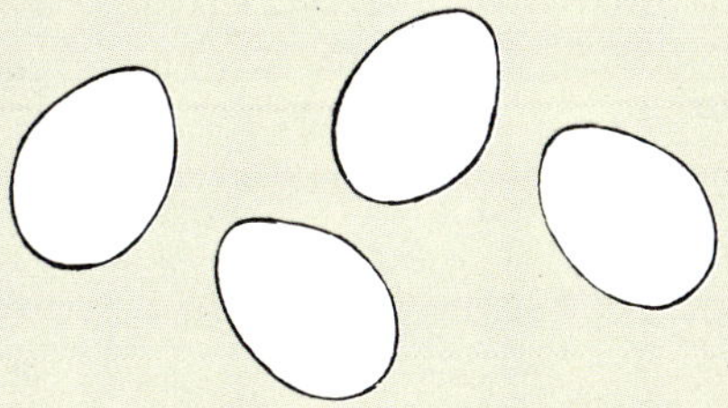

OMELETTE „ARCHIE WILLIAMS"

Für 2 Personen
100 g geräucherter Dorsch oder Schellfisch
150 ml Milch
15 g Butter
15 g Mehl
40 g Cheddar, gerieben
3 Eier
Salz und gemahlener schwarzer Pfeffer

1 Den Fisch in etwas Milch pochieren, bis er weich ist. Abtropfen lassen, die Milch aufheben. Den Fisch enthäuten und zerpflücken.

2 Die Butter in einem Topf erhitzen und das Mehl einrühren. Langsam die gesamte Milch einrühren, bis eine glatte Sauce entstanden ist. Den Käse hineingeben und unter Rühren schmelzen lassen.

3 Die Eier schlagen und würzen.

4 Den Fisch in eine flache feuerfeste Form geben (etwa 22 cm ∅), mit der Käsesauce übergießen und darauf die geschlagenen Eier verteilen. 7 Minuten in einen vorgeheizten Grill (hohe Temperatur) stellen, bis das Ei fast fest ist und die Omelette an der Oberseite hellbraun wird. Dazu einen frischen Salat servieren.

TORTILLA DE PATATAS

Für 2–4 Personen
2 EL Öl
1 große Zwiebel, in feine Scheiben geschnitten
500 g Kartoffeln, geschält, in feinen Scheiben
Salz und gemahlener schwarzer Pfeffer
4 Eier, geschlagen

1 Das Öl in einer schweren, tiefen Pfanne (25 cm ∅) erhitzen. Zwiebeln und Kartoffeln darin unter Rühren etwa 5 Minuten bräunen lassen. Deckel auflegen und 10–15 Minuten bei niedriger Temperatur garen, bis die Kartoffeln weich sind. Nach Geschmack salzen und pfeffern.

2 Die Eier über die Kartoffeln gießen und alles fest zu einem Fladen zusammendrücken. Zugedeckt garen, bis die Eier fest sind. Ganz auskühlen lassen und zum Servieren in Stücke schneiden.

PFANNKUCHENTORTE MIT SPINAT UND TOMATEN

Für 4 Personen
Pfannkuchenteig
175 g Mehl (ungebleicht)
1 Prise Salz
2 Eier
450 ml Milch
1 EL geschmolzene Butter
Spinatfüllung
1 kg Spinat
25 g Butter
Salz und gemahlener schwarzer Pfeffer
250 g Ricotta
Muskat nach Geschmack
Tomatenfüllung
1 EL Öl
1 große Zwiebel, gehackt
2 Knoblauchzehen, gehackt
400 g Tomaten aus der Dose, abgetropft und gehackt
1 EL Tomatenmark
2 TL frischer Oregano, gehackt
Salz und gemahlener schwarzer Pfeffer

1 Mehl und Salz in eine Schüssel sieben und eine Vertiefung in die Mitte drücken. Die Eier hineingeben und dann langsam die Milch einrühren. Wenn die Hälfte der Milch mit dem Mehl vermengt ist, die geschmolzene Butter einrühren. Wenn der Teig glattgerührt ist, die restliche Milch dazugeben. Der Teig sollte dünnflüssig sein. Mindestens 30 Minuten stehen lassen.

2 Spinatfüllung: Den Spinat waschen und die Stiele entfernen. Die Butter in einem großen, dicht schließenden Topf erhitzen und den gewaschenen Spinat hineingeben. Zudecken und bei milder Hitze etwa 8 Minuten lang weichkochen. Gelegentlich umrühren.

3 Den Spinat abtropfen lassen und hacken. Mit Ricotta vermengen und mit Muskat würzen. Beiseite stellen.

4 Tomatenfüllung: Das Öl in einem Topf erhitzen und Knoblauch und Zwiebel darin glasig werden lassen. Die restlichen Zutaten in den Topf geben und unter Rühren erhitzen. Falls die Füllung zu trocken wird, etwas Tomatensaft hinzufügen. Beiseite stellen.

5 Pfannkuchen: Etwas Öl in einer Pfanne erhitzen und dann mit einem Löffel ein wenig Teig hineingeben. Der Pfannenboden sollte gerade bedeckt sein. Wenn die Unterseite des Pfannkuchens fest ist, wenden und die andere Seite backen. Den ersten Pfannkuchen wegwerfen, da er zu ölig ist. Die Pfannkuchen backen und auf einen Teller schichten. Warm halten.

6 Einen Pfannkuchen auf eine Platte legen und mit Spinatfüllung bestreichen. Mit einem Pfannkuchen bedecken. Tomatenfüllung darauf streichen und wieder einen Pfannkuchen darüberdecken. Weitermachen, bis die Zutaten verbraucht sind. Die Pfannkuchentorte vor dem Servieren im Rohr erhitzen. Man kann alle Zutaten für die Torte im voraus zubereiten und sie dann kurz vor dem Essen „zusammensetzen“.

BLAUSCHIMMELKÄSESOUFFLÉ

Für 4 Personen
25 g Butter
25 g Mehl (ungebleicht)
300 ml Milch
100 g reifer Stilton oder Blauschimmelkäse, zerkrümelt
Salz und gemahlener schwarzer Pfeffer
4 Eier

1 Das Rohr auf 230° (Gas Stufe 8) vorheizen und eine Souffléform einfetten.

2 Die Butter in einem kleinen schweren Topf erhitzen und das Mehl einrühren. Langsam die Milch einrühren. Wenn die Sauce beginnt Blasen zu werfen, die Hitze reduzieren und 1 bis 2 Minuten rühren, bis sie dickflüssig wird. Vom Herd nehmen und den Käse in die Sauce geben. Würzen und abkühlen lassen.

3 Die Eier trennen und die Eidotter schlagen. Die Eiweiß mit einem Schneebesen zu weichem Schaum schlagen.

4 Die Dotter mit der abgekühlten Sauce verrühren. 1 EL Eischnee einrühren, dann den Rest dazugeben. Die Masse in die Souffléform füllen. 20 bis 25 Minuten backen, bis das Soufflé fest und an der Oberseite goldbraun ist. Sofort servieren. Gedämpfte Zucchini dazu reichen.

KRÄUTERPFANNKUCHEN MIT PILZEN

Für 6 Personen
Pfannkuchen
Dem Teig (siehe Seite 69) 2 EL gehackte frische Kräuter beifügen. Pfannkuchen wie gewohnt backen.
Füllung
500 g Champignons
Milch
Salz und gemahlener schwarzer Pfeffer
Zitronensaft
Sauce
50 g Butter
50 g Mehl (ungebleicht)
300 ml Milch
50 g Cheddar, gerieben
1 Eidotter
Muskat
Salz und gemahlener schwarzer Pfeffer

1 Das Backrohr auf 180° (Gas Stufe 4) vorheizen. Die Kräuterpfannkuchen backen.

2 Die Pilze waschen, putzen und in Scheiben schneiden. In einen Topf geben, mit Milch bedecken, mit Salz, Pfeffer und einem Spritzer Zitronensaft würzen. Die Pilze langsam pochieren, bis sie weich sind. Gelegentlich umrühren. Abtropfen lassen.

3 Die Füllung mit einem Löffel auf die Pfannkuchen verteilen. Diese zusammenrollen und in eine große, flache feuerfeste Form legen.

4 Sauce: Die Butter in einem schweren Topf erhitzen und das Mehl einrühren. Langsam die Milch hineingießen und rühren, bis die Sauce Blasen wirft. Die Temperatur reduzieren und den Käse in die Sauce geben. Rühren, bis der Käse geschmolzen ist. Eidotter, Muskat, Salz und Pfeffer einrühren.

5 Die Sauce über die Pfannkuchen gießen und diese etwa 20 Minuten backen. Sofort servieren und einen Salat dazu reichen.

FUL MEDAMES UND EIER

Für 4 Personen
250 g Ful Medames (getrocknete Bohnenkerne)
1 EL Öl
1 große Zwiebel, gehackt
2 Knoblauchzehen, gehackt
Salz und gemahlener schwarzer Pfeffer
4 Eier, hartgekocht
Petersilie

1 Die Bohnen über Nacht einweichen. Die Bohnen in frischem Wasser zum Kochen bringen, köcheln lassen, bis sie weich sind (siehe Seite 85). Abtropfen lassen und die Kochflüssigkeit aufheben.

2 Das Öl in einem Topf erhitzen und Knoblauch und Zwiebel darin weichbraten. Knoblauch und Zwiebel mit soviel Bohnen und Kochflüssigkeit vermengen, daß eine Sauce entsteht. Mit Salz und Pfeffer würzen und die restlichen Bohnen einrühren.

3 Die hartgekochten Eier auf die Bohnen legen und mit Petersilie bestreuen. Heißes Pitta-Brot (siehe Seite 107) dazu servieren.

KNOBLAUCHGARNELEN MIT GEBACKENEN EIERN

Für 4 Personen

6 Knoblauchzehen, gehackt

2 EL Olivenöl

250 g geschälte Garnelen oder Shrimps

4 Eier

1 Den Knoblauch in Öl unter Rühren leicht anbräunen.

2 Garnelen oder Shrimps dazugeben und unter Rühren kurz braten, bis sie ganz von Öl und Knoblauch umhüllt sind.

3 Die Masse auf 4 eingeölte Schüsselchen verteilen. Jeweils ein Ei aufschlagen und neben die Krabben in die Schüsselchen geben. Die Schüsseln mit Alufolie verschließen und 3–4 Minuten ins Rohr stellen (mittlere Hitze), bis das Eiweiß fest ist.

NUDELN

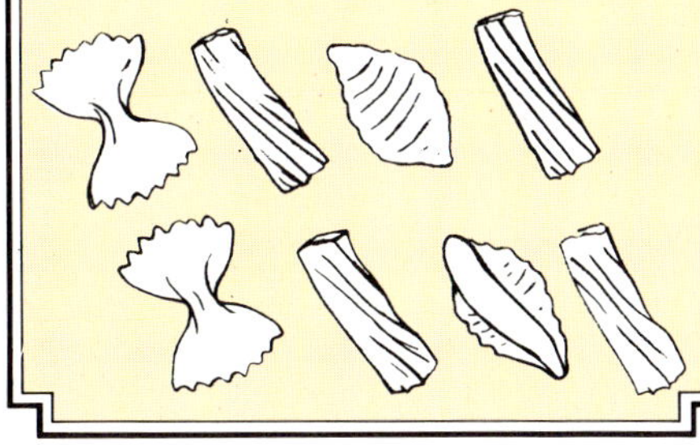

Zum Kochen der Nudeln benötigt man einen großen Topf, da die Nudeln sehr leicht kleben, wenn man zu wenig Wasser verwendet. Wenn das Wasser zu sprudeln beginnt, fügt man ihm etwas Salz und ein paar Tropfen Öl bei. Die Nudeln ins Wasser geben. Frische Nudeln sind in 1 bis 2 Minuten fertig – frische, gefüllte Nudeln brauchen etwa 8 bis 10 Minuten. Bei kleinen, getrockneten Nudeln beträgt die Kochzeit etwa 8 Minuten, bei größeren Nudeln und Spaghetti 12 Minuten.

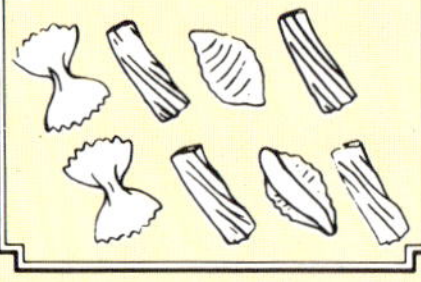

NUDELN MIT AUBERGINE UND APFEL

Für 2–3 Personen
1 große Aubergine
1 großer Kochapfel
1 Ei, geschlagen
Gewürztes Mehl (ungebleicht)
4 EL Walnußöl
2 Knoblauchzehen, zerdrückt
250 g Spinat- oder Vollkornnudeln
Salz und gemahlener schwarzer Pfeffer

1 Die Aubergine in Scheiben schneiden und großzügig einsalzen. 30 Minuten in ein Sieb geben, dann abspülen, mit Küchenkrepp trockentupfen und in Streifen schneiden. Den Apfel schälen, entkernen und dann in Würfel schneiden.

2 Auberginenstreifen und Apfelstückchen in geschlagenem Ei wenden, dann im Mehl wälzen, bis die Stücke leicht mit Mehl überzogen sind. Etwas Öl in einem Topf erhitzen und Aubergine, Apfel und Knoblauch unter Rühren darin knusprig werden lassen.

3 Inzwischen die Nudeln in sprudelndem Salzwasser al dente kochen. Dem Wasser ein paar Tropfen Öl beigeben, damit die Nudeln nicht kleben. Gut abtropfen lassen, mit Pfeffer würzen und in etwas Walnußöl wenden. Die Auberginenmasse einrühren und Parmesankäse dazu reichen.

Nudeln mit Aubergine und Apfel

PESTO

Für 4 Personen
50 g frische Basilikumblätter
1 EL Pinienkerne
4 dicke Knoblauchzehen, gehackt
2 EL Parmesan, gerieben
Olivenöl
Salz und gemahlener schwarzer Pfeffer
350 g kleine Spinatnudeln

1 Die Basilikumblätter kleinschneiden und in einen Mörser geben. Pinienkerne, Knoblauch und Parmesan dazugeben. Man sollte nach Möglichkeit frisch geriebenen Parmesan verwenden. Er ergibt einen besseren Geschmack.

2 Die Zutaten im Mörser zerstoßen und so viel Olivenöl dazugeben, daß eine dicke Paste entsteht. Mit Salz und Pfeffer würzen.

3 Die Nudeln in sprudelndem Salzwasser (2 EL Öl beigeben) al dente kochen. Abtropfen lassen und mit der Sauce mischen. Dazu einen Tomatensalat mit reichlich Zwiebeln servieren.

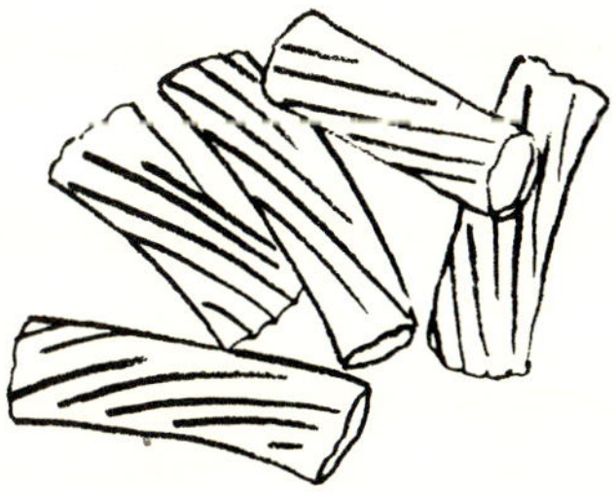

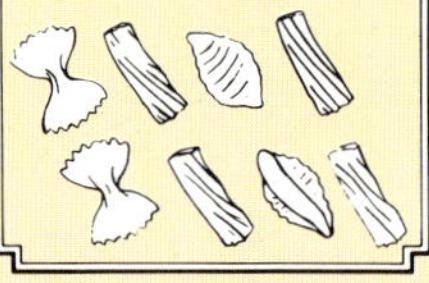

NUDELN MIT SPINATSAUCE

Für 4 Personen
300 g Vollkorn- oder Spinatnudeln
1 kg frischer Spinat
2 EL Öl
1 Zwiebel, gehackt
2 Knoblauchzehen, gehackt
175 g Champignons, in Scheiben geschnitten
250 g Quark oder Ricotta oder Sahnekäse
1–2 EL Pinienkerne
Salz und gemahlener schwarzer Pfeffer
Parmesan, gerieben

1 Den Spinat waschen und die harten Stengel entfernen. Die Blätter in einen großen Topf geben, zudecken und bei milder Hitze weichdünsten. Gelegentlich umrühren. Abtropfen lassen und die Blätter hacken.

2 Das Öl in einem Topf erhitzen und Knoblauch und Zwiebel darin weichdünsten. Die Pilze einrühren. Deckel auflegen und bei milder Hitze schmoren, bis die Pilze weich sind.

3 Das Gemüse mit Käse, Pinienkernen und Gewürzen vermengen und warm halten.

4 Die Nudeln in reichlich Salzwasser al dente kochen. Abtropfen lassen. Die Sauce mit den Nudeln vermischen und servieren. Parmesan dazu reichen.

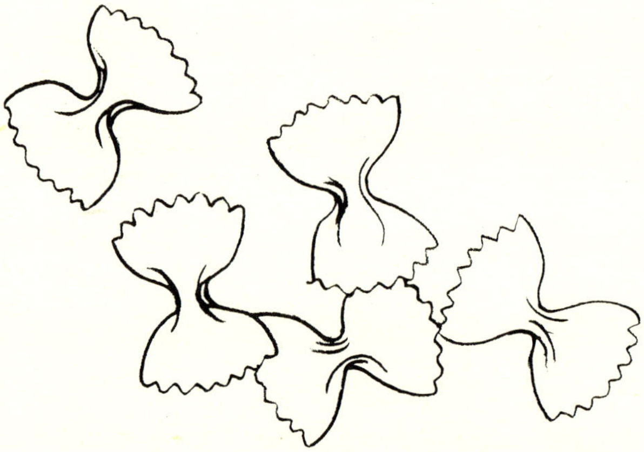

SPINATTAGLIATELLE MIT SPARGEL

Für 2 Personen als Hauptgericht, für 4 als Vorspeise
250 g Spargel
15 g Butter
4 EL Rahm
Salz und gemahlener schwarzer Pfeffer
250 g grüne Tagliatelle
2 EL Öl
Parmesan, gerieben

1 Frischen Spargel unter fließendem kaltem Wasser putzen, zusammenbinden und aufrecht in einen hohen Topf mit kochendem Salzwasser (etwa 7 cm hoch) stellen. Mit Folie bedecken, damit die Spargelspitzen gedämpft werden. Die Kochzeit beträgt 10 bis 20 Minuten, je nach Dicke der Spargelstangen. Wenn man die Stangen in der Mitte mit einem scharfen Messer leicht einstechen kann, ist der Spargel gar. Abtropfen lassen und eventuell die holzigen dicken Enden abschneiden. Die Spargelstangen in mundgerechte Stücke schneiden.

2 Die Butter in einem Topf erhitzen und den Spargel in der Butter wenden. Die Hälfte des Rahms dazugeben, alles salzen und pfeffern und die Sauce ein paar Minuten bei niedriger Temperatur eindicken.

3 Inzwischen die Nudeln al dente kochen.

4 Die Nudeln abtropfen lassen, mit dem restlichen Rahm vermischen und mit der Sauce übergießen. Parmesankäse zu den Nudeln reichen.

NUDELN MIT PILZSAUCE

Ein schnelles Essen für 1 Person
2–4 Handvoll grüne Spiralnudeln
1 TL Öl
50 g Champignons
Milch
Salz und gemahlener schwarzer Pfeffer
1 Eidotter
1 EL Rahm oder Sahne
Petersilie nach Geschmack, gehackt
Parmesan, gerieben

1 Die Nudeln in Salzwasser und 1 EL Öl al dente kochen.

2 Die Pilze putzen und in Scheiben schneiden. Mit etwas Milch, Salz und Pfeffer in einen Topf geben und unter Rühren pochieren, bis die Pilze weich sind und die Flüssigkeit fast ganz verkocht ist.

3 Eidotter und Sahne schlagen und mit den Pilzen vermengen.

4 Die Nudeln abtropfen lassen. Die Pilzmischung und reichlich Petersilie mit den Nudeln vermengen. Sofort servieren. Parmesan und einen grünen Salat dazu reichen.

Rote Linsen

Kichererbsen

Naturreis

Adzukibohnen

Gelbe Erbsen

Couscous

HÜLSENFRÜCHTE & KÖRNER

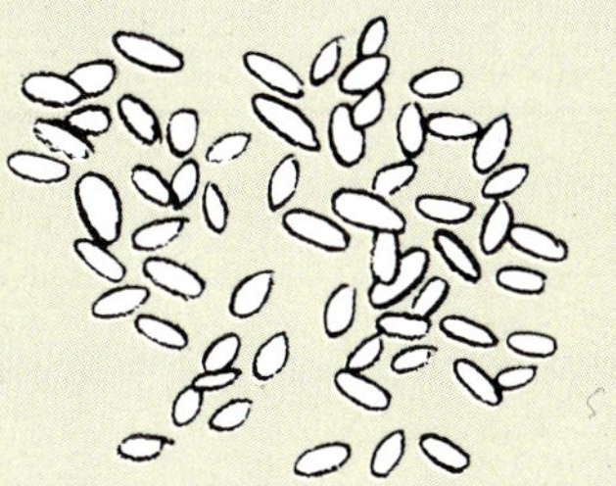

Hülsenfrüchte

Dazu gehören getrocknete Kerne von Bohnen, Erbsen und Linsen. Sie sind relativ preiswert und haben einen hohen Proteingehalt. Bei vegetarischer Ernährung oder Vollwertkost können sie Fleisch oder Fisch ersetzen.

Man sortiert vor der Zubereitung beschädigte oder verfärbte Kerne aus und wäscht die intakten unter fließendem kaltem Wasser ab. (Es gibt auch vorgewaschene Sorten.) Die Kerne über Nacht in kaltem Wasser einweichen. Rote Linsen müssen vor dem Kochen nicht eingeweicht werden. Die Kerne abtropfen lassen und in einen Topf mit reichlich kaltem Wasser geben. Nicht salzen, da sie sonst hart bleiben. Zum Kochen bringen und weichköcheln lassen. Die Kochzeit kann von 15 Minuten bis zu 1 ½ Stunden variieren. Wenn die Kerne weich werden, gibt man pro 250 g 1 TL Salz hinzu und läßt sie 10 bis 15 Minuten weiterköcheln. Abtropfen lassen und je nach Rezept verwenden. Die Kochflüssigkeit kann man für Suppen oder Eintopfgerichte aufheben.

Hinweis: Rote Kidney-Bohnen mindestens 45 Minuten kochen, wenn sie für Salate oder andere Gerichte mit kurzer Kochzeit verwendet werden.

Körner

Naturreis oder Langkorn-Patnareis sind ideal für pikante Gerichte. Es gibt auch viele Sorten mit extrem kurzen Kochzeiten. Bei diesen die Kochhinweise auf der Packung beachten.

Reis für 3 bis 4 Personen: Den Reis in einem Sieb unter fließendem kaltem Wasser waschen. In einen Topf geben, und mit Wasser bedecken (etwa 1 ½ cm hoch). Etwas Salz hinzufügen.

Zum Kochen bringen und köcheln lassen, bis das Wasser ganz eingekocht ist. Den Topf vom Herd nehmen und mit einem sauberen Küchentuch bedecken. 10 Minuten stehen lassen. Der Reis sollte locker und körnig sein. Den Naturreis nach der Packungsanleitung kochen. Er hat eine längere Kochzeit.

LINSENGEMÜSE-BÄLLCHEN

Für 4 Personen
250 g Linsen
600–900 ml Brühe
½ l Öl
1 kleine Zwiebel, gehackt
1 Knoblauchzehe, gehackt
50 g Kartoffeln
50 g Erbsen
½ EL frische Thymianblätter
Salz und gemahlener schwarzer Pfeffer
Geschlagenes Ei zum Binden
Vollkornmehl zum Panieren
Petersilie zum Garnieren

1 Die Linsen 4 Stunden lang einweichen und in Gemüse- oder Fleischbrühe köcheln lassen, bis sich die Linsen mit einer Gabel leicht zerdrücken lassen. Ist die Brühe sehr mild, kann man den Geschmack mit etwas Hefeextrakt intensivieren. Die Linsen abtropfen lassen.

2 Das Öl erhitzen und Zwiebel und Knoblauch glasig werden lassen. Die Kartoffeln in Salzwasser weichkochen und kurz vor dem Ende der Kochzeit die Erbsen dazugeben. Abtropfen lassen.

3 Das gesamte Gemüse durch einen Fleischwolf drehen oder kleinhacken. So viel Ei mit dem Gemüse vermengen, daß ein klebriger Teig entsteht. Daraus kleine Bällchen (etwa 3 cm ∅) formen.

4 Die Bällchen in Vollkornmehl wälzen und in heißem Öl schwimmend backen, bis sie auf allen Seiten knusprig sind. Mit Petersilie garnieren und heiß mit Tomatensauce (siehe Seite 12) und püriertem Spinat oder Kürbis in einer Käsesauce servieren.

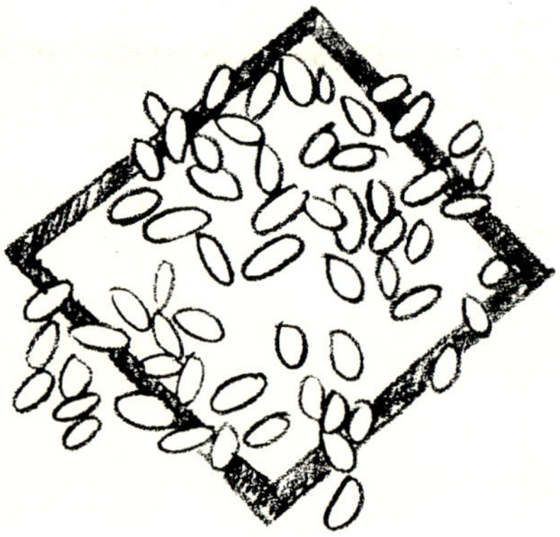

BOHNENMOUSSAKA

Für 4 Personen
250 g bunte Bohnen
1 große Aubergine, in dünne Scheiben geschnitten
Öl
1 große Zwiebel, gehackt
2 Knoblauchzehen, gehackt
400 g Tomaten aus der Dose, zerdrückt
1 EL Tomatenmark
2 TL frischer Thymian, gehackt
Salz und gemahlener schwarzer Pfeffer
Käsesauce
25 g Butter
25 g Mehl
300 ml Milch
50 g Cheddar, gerieben
Muskat
Salz und gemahlener schwarzer Pfeffer

1 Die Bohnen über Nacht einweichen und kochen, bis sie sich mit der Gabel zerdrücken lassen (siehe Seite 85). Abtropfen lassen.

2 Das Backrohr auf 180° (Gas Stufe 4) vorheizen. Die Auberginenscheiben salzen und 30 Minuten in einem Sieb ziehen lassen. Abspülen und mit Küchenkrepp trocknen. Etwas Öl in einem Topf erhitzen und die Auberginen braten, bis sie weich sind. Beiseite stellen.

3 Noch etwas Öl in den Topf geben und Zwiebel und Knoblauch darin glasig werden lassen. Tomaten, Tomatenmark, Thymian, Salz und Pfeffer dazugeben und unter Rühren erhitzen. Die Bohnen damit vermengen und alles beiseite stellen.

4 Käsesauce: Die Butter in einem schweren Topf erhitzen. Das Mehl, dann die Milch einrühren. Rühren, bis die Sauce kocht und dick wird. Die Hitze reduzieren, den Käse dazugeben und rühren, bis er geschmolzen ist. Mit Muskat, Salz und Pfeffer würzen.

5 Eine Schicht Bohnenmasse auf den Boden einer Kasserolle streichen. Auberginenscheiben darauflegen und dünn mit Käsesauce bestreichen. Das gleiche so lange wiederholen, bis alle Zutaten verbraucht sind. Mit einer dikken Schicht Sauce abschließen. Im Backofen 30 bis 40 Minuten backen. Grünen Salat dazu servieren.

KIDNEY-BOHNEN-ARTISCHOCKEN-PILZ-KASSEROLLE

Für 4 Personen
250 g Kidney-Bohnen
1–2 EL Öl
1 große Zwiebel, gehackt
1–2 Knoblauchzehen, gehackt
175 g Champignons, in Scheiben
100 g Prinzeßbohnen, geputzt, gedrittelt und vorgekocht
400 g Artischockenherzen aus der Dose, abgetropft
400 g Tomaten aus der Dose, zerdrückt
Salz und gemahlener schwarzer Pfeffer
Petersilie

1 Die Kidney-Bohnen über Nacht einweichen und dann weichkochen (siehe Seite 85).

2 Das Backrohr auf 180° (Gas Stufe 4) vorheizen. Öl in einem Topf erhitzen und Knoblauch und Zwiebel darin glasig werden lassen. Die Pilze hineingeben und unter Rühren 1–2 Minuten braten, bis sie weich werden.

3 Alle Zutaten in eine Kasserolle füllen und würzen. Zudecken und 30 bis 40 Minuten schmoren. Mit Petersilie bestreuen. Gebackene Kartoffeln und grünen Salat dazu servieren.

FALAFEL

Für 4 Personen
250 g Kichererbsen
3 Knoblauchzehen, püriert
1 Zwiebel, püriert
1 TL Kumin, gemahlen
1 TL Koriander, gemahlen
2 EL frische Petersilie, fein gehackt
1 EL Tahinipaste
2 Eier, geschlagen
Zitronensaft
Vollkornmehl mit Weizenkeimen gemischt
Öl
Oliven, saure Gurken, eingelegte Peperoni

1 Die Kichererbsen über Nacht einweichen, dann in sprudelndem Wasser weichkochen.

2 Die Erbsen zerdrücken und mit Knoblauch, Zwiebel, Kumin, Koriander, Petersilie und Tahinipaste vermischen. Mit Ei und Zitronensaft zu einem Teig kneten.

3 Zu Bällchen (3 cm ∅) formen und diese in der Mehlmischung rollen. In heißem Öl knusprig braten. Auf Küchenkrepp abtropfen lassen.

4 Heiß oder kalt servieren. Mit Cayennepfeffer bestreuen. Einen Dip aus Tahinipaste, Olivenöl und Zitronensaft anrühren. Oliven, Gurken und Peperoni dazu reichen. Oder die Bällchen in Taschen aus Pitta-Brot füllen, zusammen mit geschnittenen Salatblättern, Peperoni und etwas gehacktem Chili.

COUSCOUS

Für 4–6 Personen
Couscous
100–175 g Couscous
1 TL Salz
300 ml kochendes Wasser
40 g Butter
Gemüsebelag
1 EL Öl
2 große Zwiebeln, gehackt
2 Stangen Lauch, in Scheiben geschnitten
4 Karotten, in Scheiben geschnitten
1 l Brühe
Salz und gemahlener schwarzer Pfeffer
4 Zucchini, in Scheiben geschnitten
6 Tomaten, in Scheiben geschnitten
100 g Erbsen
100 g Kidney-Bohnen, eingeweicht und gekocht
100 g Kichererbsen, eingeweicht und gekocht
Ein paar Safranfäden
Heiße Tomatensauce
Siehe Seite 12. Im voraus zubereiten.

1 Couscous in eine Schüssel geben und das kochende Wasser daraufgießen. 20 Minuten ziehen lassen, bis das Wasser aufgesogen ist. Umrühren, damit die Körner nicht klumpen.

2 Gemüsebelag: Das Öl in einem großen Topf erhitzen. Lauch und Zwiebeln darin unter Rühren anbraten. Karotten und Brühe dazugeben, salzen und pfeffern und zum Kochen bringen.

3 Den Couscous in einen Dämpftopf oder ein mit Musselin ausgelegtes Sieb füllen und über das Gemüse in den Topf stellen. Zudecken und 30 Minuten köcheln lassen.

4 Das Sieb mit dem Couscous herausnehmen, Safran und restliches Gemüse in die Brühe geben. Den Couscous mit einer Gabel umrühren, wieder auf den Gemüsetopf setzen und das Ganze zugedeckt weitere 10 Minuten köcheln.

5 Den Couscous in eine Schüssel umfüllen und die Butter einrühren. Das Gemüse in einer eigenen Terrine servieren. Tiefe Teller, Messer, Gabeln und Löffel auf dem Tisch bereitlegen. Heiße Tomatensauce (siehe Seite 12) und Pitta-Brot (siehe Seite 107) dazu reichen.

POLENTA

Für 4–6 Personen
250 g Vollkornmehl
50 g feines Maismehl
Salz und gemahlener schwarzer Pfeffer
750 ml Wasser
150 g Butter
100 g Mozzarella, in dünne Streifen geschnitten
Zum Servieren:
Geriebener Parmesan

1 Das Vollkornmehl in eine Schüssel geben und das Maismehl und die Gewürze einrühren.

2 Das Wasser zum Kochen bringen und die Mehlmischung mit einem Holzlöffel hineinrühren. Auf kleiner Flamme etwa 45 Minuten kochen, bis die Masse zäh wird und sich vom Topf löst. Gelegentlich umrühren.

3 Den Käse einrühren. Rühren, bis er geschmolzen ist. Heiß servieren und Tomatensauce (siehe Seite 12) und Parmesan dazu reichen.

GEFÜLLTE WEINBLÄTTER

Für 8 Personen
1 Packung Weinblätter
Olivenöl
1 große Zwiebel, gehackt
1 Knoblauchzehe, gehackt
50 g grüner Paprika, gehackt
50 g Karotten, gehackt
175 g Naturreis
500 ml Wasser oder Brühe
Salz und gemahlener schwarzer Pfeffer
250 g geschälte Krabben
2 EL Petersilie, gehackt
Sojasauce nach Geschmack

1 Das Backrohr auf 180° (Gas Stufe 4) vorheizen.

2 Das Öl in einem Topf erhitzen und Knoblauch und Zwiebel darin weichdünsten. Paprika, Karotten und Reis einrühren. Mit Brühe oder Wasser aufgießen, zum Kochen bringen, salzen und pfeffern. Zudecken und bei niedrigster Temperatur 40 Minuten köcheln lassen. Nicht umrühren.

3 Die Krabben einrühren und 10 Minuten mitköcheln, bis die Flüssigkeit verkocht und der Reis weich ist. Petersilie und Sojasauce nach Geschmack einrühren.

4 Die Mischung auf die Weinblätter verteilen und diese zu festen Päckchen zusammenrollen.

5 Die gefüllten Weinblätter in eine feuerfeste Form legen und mit Olivenöl übergießen. Deckel auflegen und das Ganze etwa 30 Minuten schmoren.

ADZUKIBOHNEN-BURGER

Für 4 Personen
500 g Adzukibohnen
1 Lorbeerblatt
2 Zwiebeln, gehackt
3 Knoblauchzehen, gehackt
1–2 EL Öl
4 Karotten, geschält und geraspelt
Saft von 1 Zitrone
4 EL Petersilie, gehackt
Salz und gemahlener schwarzer Pfeffer
Sojasauce nach Geschmack
Geschlagenes Ei zum Binden
Vollkornmehl zum Bestäuben

1 Die Bohnen über Nacht einweichen. Abtropfen lassen und in frischem Wasser (mit dem Lorbeerblatt) weichkochen. Abtropfen lassen und die Flüssigkeit aufheben.

2 Knoblauch und Zwiebeln in Öl glasig werden lassen. Karotten und Zitronensaft dazugeben, zudecken und dünsten, bis die Karotten weich sind.

3 Die Bohnen hinzufügen und alles in einem Mixer pürieren. Etwas Kochflüssigkeit dazugeben, damit die Masse geschmeidig wird. Petersilie, Salz, Pfeffer und Sojasauce einrühren und die Masse mit Ei binden.

4 Zu Klößen oder Fladen formen und in Mehl wenden. Von beiden Seiten braten, bis die Burger knusprig sind. Mit Tomatensauce (siehe Seite 12) servieren.

BACKWAREN

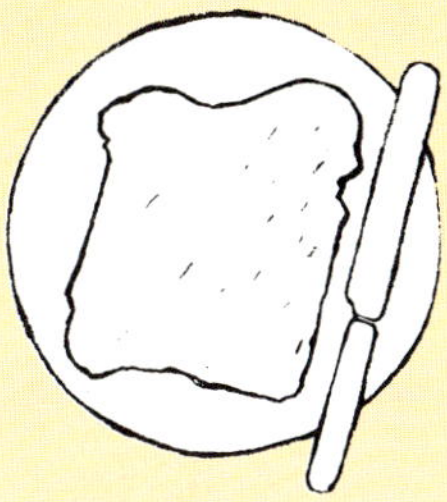

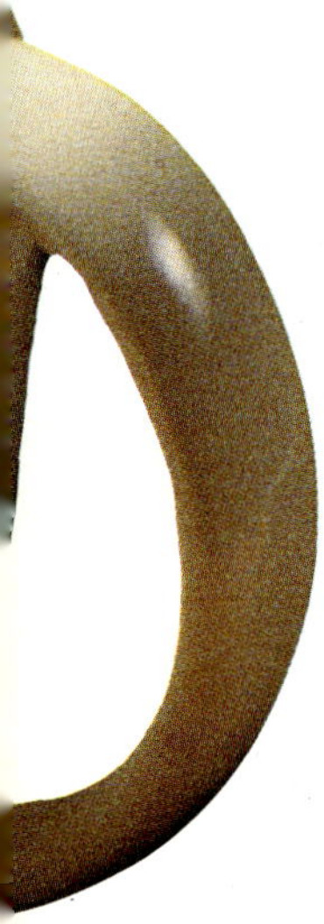

TEIG

175 g Vollkornmehl
1 Prise Salz
2 EL Sesamsamen
3 EL Öl
500 ml kaltes Wasser

1 Alle trockenen Zutaten und das Öl mit den Fingern verkneten. Langsam so viel Wasser hinzufügen, daß ein geschmeidiger Teig entsteht. Er darf nicht klebrig sein.

2 Teig in den Kühlschrank legen. Wenn er ganz kalt ist, auf einem bemehlten Brett ausrollen.

VOLLKORNBROT

500 g Vollkornmehl
2 EL Körner (Sesam, Kümmel oder Mohn)
1 ½ gehäufte TL Salz
300 ml warmes Wasser
15 g frische Hefe oder 1 ½ TL Trockenhefe
½ TL Sirup
1 EL Öl
1 EL Malzextrakt
Geschlagenes Ei zum Glasieren
1 TL Körner (Sesam, Kümmel oder Mohn)

1 Das Backrohr auf 200° (Gas Stufe 6) vorheizen. Mehl, Körner und Salz in einer warmen Schüssel vermengen.

2 Etwas Wasser in eine kleine Schüssel gießen und die Hefe dazugeben. 10 Minuten an einem warmen Platz stehenlassen. (Trockenhefe nach Packungsanleitung behandeln.)

3 Zum restlichen Wasser Öl, Malzextrakt und Sirup geben.

4 Die Hefeflüssigkeit in das Mehl gießen und umrühren. Von der anderen Flüssigkeit allmählich so viel Flüssigkeit dazugeben, daß ein glatter Teig entsteht. Er sollte nicht klebrig werden. Unterschiedliche Mehlsorten nehmen verschiedene Flüssigkeitsmengen auf. Man muß deshalb nicht unbedingt die gesamte Wassermenge verwenden. Den Teig mit den Händen zu einer Kugel formen.

5 Den Teig 20 Minuten lang kneten, dann in eine eingefettete Plastiktüte legen und an einem warmen Platz etwa 1 Stunde gehen lassen.

6 Den Teig mit den Ballen der Hand zusammendrücken und dann 1 Minute kneten. In eine eingeölte Kastenform (22 × 12 cm) geben. Die Oberfläche mit geschlagenem Ei bestreichen und mit Körnern bestreuen. Das Brot mit einem sauberen, feuchten Küchenhandtuch bedecken und auf dem Herd aufgehen lassen.

7 Das Brot 35 Minuten backen. Aus der Backform nehmen und mit dem Fingernagel auf die Unterseite klopfen. Es sollte ein hohl klingender Ton zu hören sein. Das Brot auf einem Kuchengitter auskühlen lassen.

APFELKUCHEN

3 mittelgroße Kochäpfel, geschält, entkernt, in Scheiben
Etwas Cidre
1 Gewürznelke
2 EL Butter, weich
2 EL Honig
2 EL Sirup
1 Ei
1 TL Mischgewürz
1 Prise Salz
2 TL Backpulver
1 TL Speisesoda
75 g Rosinen
175 g Vollkornmehl
15 g Weizenkeime
1 TL Mischgewürz

1 Das Backrohr auf 180° (Gas Stufe 4) vorheizen.

2 Die Apfelscheiben mit der Nelke in etwas Cidre weichdünsten. Die Nelke entfernen. Die Äpfel abtropfen lassen und im Mixer pürieren. Den Cidre aufheben.

3 Butter, Honig, Sirup und 1 EL Cidre in einer großen Schüssel vermischen. Das Ei einrühren, die Äpfel und die restlichen Zutaten dazugeben und alles gut vermischen.

4 Den Teig in eine eingefettete und bemehlte Backform (22 × 10 cm) füllen und etwa 1 Stunde lang backen, bis er fest ist. 10 Minuten stehenlassen, dann auf ein Kuchengitter stürzen und ganz auskühlen lassen.

BANANEN-NEKTARINEN-MANDEL-LAIB

200 g Vollkornmehl
50 g Weizenkeime
40 g getrocknete Nektarinen, gehackt
40 g Mandeln, gehackt
2 TL Backpulver
1 TL Natron
1 Prise Salz
2 EL Honig
2 EL Sirup
½ TL Vanille
3 Bananen, zerdrückt
1 Ei, geschlagen

1 Das Backrohr auf 180° (Gas Stufe 4) vorheizen.

2 Die trockenen Zutaten in einer großen Schüssel vermengen. Die restlichen Zutaten in einer anderen Schüssel vermischen. Dann die beiden Mischungen gut zusammenrühren.

3 Die Masse in eine eingefettete und bemehlte Kastenform (22 × 10 cm) füllen und etwa 50 Minuten backen. Wenn man mit einem Holzspieß in den Kuchen sticht, sollte kein Teig mehr daran hängenbleiben. 15 Minuten abkühlen lassen, dann aus der Form nehmen und auf einem Kuchengitter ganz auskühlen lassen. Aufschneiden und servieren. Nach Geschmack mit Butter oder Sahnekäse bestreichen.

KAROTTEN-ORANGEN-KUCHEN

- 2 EL Öl
- 2 EL Honig
- 2 EL Sirup
- 2 Eier
- 250 g Karotten, geschält und geraspelt
- Geriebene Schale von 1 Orange
- 1 EL Orangensaft
- 250 g Vollkornmehl
- 15 g Weizenkeime
- 1 TL Zimt
- 1 Prise Salz
- 2 TL Backpulver
- 1 TL Natron

1 Das Backrohr auf 190° (Gas Stufe 5) vorheizen.

2 Öl, Sirup, Honig und Eier verrühren. Karotten, Orangenschale und Orangensaft dazugeben.

3 Die trockenen Zutaten in einer Schüssel vermengen und in die Karottenmischung rühren. Gut vermischen und die Masse in eine eingefettete und bemehlte Kuchenform (22 cm ∅) füllen.

4 Etwa 30 Minuten lang backen. 10 Minuten in der Form abkühlen lassen, herausnehmen und auf einem Kuchengitter ganz auskühlen lassen.

KÜRBIS-SONNENBLUMEN-ROSINEN-KUCHEN

250 g Kürbis
250 g Vollkornmehl
1 Prise Salz
2 TL Backpulver
1 TL Natron
50 g Sonnenblumenkerne, gehackt
50 g Rosinen
2 Eier
2 EL Honig
2 EL Sirup
1 EL warmes Wasser

1 Das Backrohr auf 190° (Gas Stufe 5) vorheizen. Den Kürbis schälen, in kleinere Stücke schneiden und weichkochen. Abtropfen lassen und kleinschneiden.

2 Mehl, Salz, Backpulver, Sonnenblumenkerne und Rosinen gründlich vermischen.

3 Die Eier in einer Schüssel schlagen und Honig und Sirup einrühren. 1 EL warmes Wasser und die Kürbisstückchen dazugeben und alles gut schlagen.

4 Alle Zutaten vermengen und in eine eingefettete und bemehlte Kuchenform füllen. 50 bis 60 Minuten backen. Den fertigen Kuchen 10 Minuten in der Form stehen-, dann auf einem Kuchengitter auskühlen lassen.

ZUCCHINI-KÄSE-LAIB

4 kleine Zucchini
1 Ei, geschlagen
4 EL Öl
2 EL Honig
2 EL Sirup
2 EL Sahnekäse
175 g Vollkornmehl
50 g Sojamehl
1 Prise Salz
2 TL Backpulver
1 TL Natron

1 Das Backrohr auf 170° (Gas Stufe 3) vorheizen.

2 Die Zucchini in dünne Streifen schneiden, nicht schälen, dann in 1 cm große Würfel schneiden.

3 Das Ei in eine Schüssel geben und allmählich Öl, Honig und Sirup mit dem Schneebesen einrühren. Den Sahnekäse dazugeben und alles zu einer glatten Masse schlagen.

4 In einer anderen Schüssel alle trockenen Zutaten vermengen. Die Zucchini dazugeben. Langsam die trockenen Zutaten mit der Käsemischung verrühren, bis ein schwerer Teig entstanden ist.

5 Den Teig in eine eingefettete und bemehlte Kastenform füllen und 50 bis 60 Minuten backen.

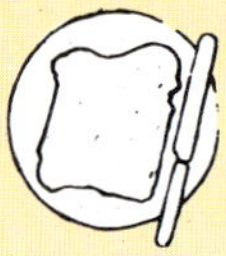

CHAPATIS

Ergibt 10 Stück
175 g Vollkornmehl
6 EL Wasser

1 Das Mehl in eine Schüssel sieben. Allmählich das Wasser dazugeben und beides mit den Händen zu einem glatten Teig verkneten. Etwa 7 Minuten kneten. Dann in eine Schüssel geben und mit einem feuchten Tuch bedecken. 30 Minuten ruhen lassen.

2 Eine schwere Pfanne – ohne Fett – sehr heiß werden lassen. Die Hitze reduzieren.

3 Inzwischen den Teig 1 Minute lang kneten und dann in 10 Portionen teilen. Diese jeweils zu einer Kugel formen und auf einer bemehlten Fläche dünn ausrollen.

4 Die Chapatis in die Pfanne legen und 8 Sekunden backen. Mit einem Spatel herausnehmen und 1 Sekunde über eine offene Flamme halten. Wenden und den Vorgang mit der anderen Seite wiederholen. Alle Chapatis so backen und in einer Schüssel oder einem Korb warm halten.

PITTA-BROT

Ergibt 8 Stück

Nach dem Rezept für Vollkornbrot bis zum Ende von Schritt 5 verfahren (siehe Seite 97)

1 Das Backrohr auf 230° (Gas Stufe 8) vorheizen.

2 Den Teig in 8 Portionen teilen und diese zu dünnen Ovalen ausrollen. Auf Backbleche legen und mit feuchten Tüchern bedecken. 20 Minuten auf dem Herd ruhen lassen.

3 5–7 Minuten backen, dann auskühlen lassen. Man kann das Brot sehr gut einfrieren.

ROGGENCRACKER

25 g Butter
100 g Roggenmehl
1 Prise Salz
Etwas Milch, erhitzt

1 Das Backrohr auf 180° (Gas Stufe 4) vorheizen.

2 Die Butter mit dem Mehl und 1 Prise Salz verkneten. Mit etwas Milch zu einem Teig binden. Etwa 7 Minuten lang kneten.

3 Aus dem Teig etwa 20 kleine Kugeln formen und diese auf einer bemehlten Fläche ausrollen.

4 Auf einem Backblech etwa 20 Minuten backen, bis die Cracker an den Rändern braun werden. Auf einem Gitter auskühlen lassen und in einer Dose aufbewahren. Butter und Käse dazu reichen.

Roggencracker

MANDELKEKSE

175 g gemahlene Mandeln
175 g Vollkornmehl
25 g Butter
1 EL Öl
1 EL Honig
Ein paar Tropfen Vanilleessenz
Halbierte kandierte Kirschen zum Verzieren

1 Mandeln und Mehl mischen und mit Butter, Öl, Honig und Vanille zu einem klebrigen Teig verarbeiten. Im Kühlschrank ganz kalt werden lassen.

2 Das Backrohr auf 180° (Gas Stufe 4) vorheizen. Aus dem Teig kleine Kekse formen und jeweils mit einer halbierten Kirsche verzieren. Auf ein Blech legen und 12 Minuten backen, bis die Kekse goldbraun sind.

3 10 Minuten auf dem Blech lassen, dann auf einem Rost ganz auskühlen lassen.

MÜSLIKEKSE

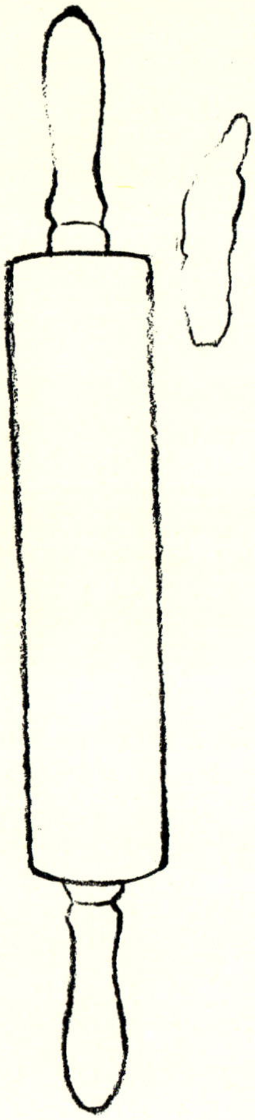

175 g Sultaninen oder Rosinen
50 g getrocknete Aprikosen, gehackt
1 Ei, geschlagen
25 g Butter, mit 2 EL heißem Wasser geschmolzen
175 g Müslimischung
25 g gehackte Nüsse

1 Das Backrohr auf 180° (Gas Stufe 4) vorheizen.

2 Die getrockneten Früchte in kochendem Wasser waschen. Abtropfen lassen und in eine Schüssel geben. Mit Ei und Butter gründlich schlagen. Müslimischung und Nüsse einrühren.

3 Ein Backblech mit eingefettetem Pergamentpapier auslegen und die Mischung dünn darauf ausstreichen. Riegel einschneiden und die Kekse 45 Minuten backen.

4 Die Riegel ganz durchschneiden und 10 Minuten abkühlen lassen. Vom Blech nehmen und auf einem Kuchengitter vollständig auskühlen lassen.

DESSERTS

DESSERTKUCHEN MIT FRISCHEM OBST

Für 8 Personen
2 Eier
75 ml Milch
2 El Honig
2 EL Sirup
175 g Vollkornmehl
1 TL Backpulver
1 TL Natron
1 TL Zimt
1 Prise Salz
500 g Pfirsiche
250 g Pflaumen
250 g Kirschen
100 g Walnüsse, gehackt
Etwas Butter
Frisches Obst zum Garnieren
Zum Servieren:
Geschlagene Sahne

1 Das Backrohr auf 200° (Gas Stufe 6) vorheizen.

2 Die Eier mit der Milch schlagen. Honig und Sirup einrühren. Die restlichen trockenen Zutaten einrühren und alles gut vermischen.

3 Das Obst entsteinen und kleinhacken. Zusammen mit den Nüssen in den Teig einrühren. Die Masse in eine eingefettete und bemehlte Springform (22 cm ∅) füllen. 50 bis 60 Minuten backen, bis der Kuchen in der Mitte fest ist. Gegen Ende der Backzeit Butterflöckchen auf dem Kuchen verteilen, damit er an der Oberfläche nicht austrocknet.

4 In der Backform auskühlen lassen. In den Kühlschrank stellen und vor dem Servieren mit frischem Obst und Schlagsahne garnieren.

PEKANNUSSKUCHEN

Für 4–6 Personen
250 g Teig (siehe Seite 96)
50 g Butter, weich
2 EL Honig
2 EL Ahornsirup
3 Eier
1 TL Vanilleessenz
100 g halbierte Pekannüsse
Zum Servieren:
Geschlagene Sahne

1 Das Backrohr auf 220° (Gas Stufe 7) vorheizen. Eine Pastetenform (22 cm ∅) mit dem Teig auskleiden und diesen mit einer Gabel einstechen. 10 Minuten backen.

2 Füllung: Butter mit Honig und Sirup glattrühren. Eier und Vanilleessenz in einer anderen Schüssel mit einem Schneebesen gründlich verrühren. Die Sirupmischung langsam dazugießen und mit einer Gabel gleichmäßig schlagen.

3 Die Nüsse auf dem gebackenen Teig verteilen und die Füllung daraufgießen. 10 Minuten auf der Mittelschiene des Rohrs backen. Die Hitze reduzieren (160°, Gas Stufe 3) und weitere 25 bis 35 Minuten backen, bis die Füllung fest, aber nicht trocken ist.

4 Warm (nicht heiß) oder kalt mit Schlagsahne servieren.

Pekannußkuchen

SÜSSKARTOFFELN-APRIKOSEN-PFANNKUCHEN

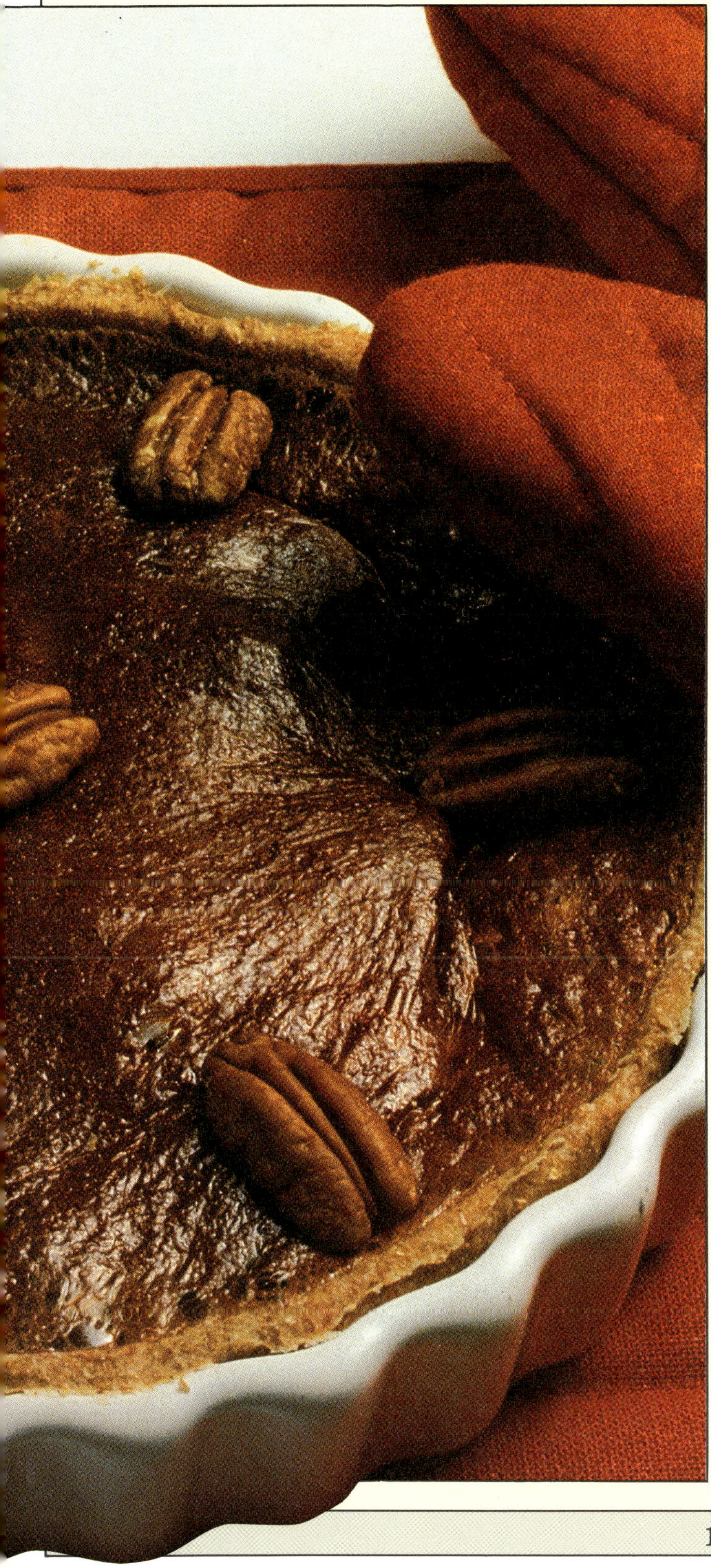

Für 6–8 Personen
Pfannkuchen
Siehe Seite 68
Füllung
100 g getrocknete Aprikosen
2 große Süßkartoffeln
Butter
Honig
Zimt
Saure Sahne

1 Die Aprikosen über Nacht einweichen. Zum Kochen bringen und köcheln, bis sie weich sind. Abtropfen lassen und die Flüssigkeit aufheben. Die Aprikosen hacken.

2 Die Süßkartoffeln schälen und kleinschneiden. In einen Topf füllen und die Aprikosenflüssigkeit dazugießen. Mit Wasser aufgießen, bis die Kartoffeln bedeckt sind. Zum Kochen bringen und köcheln, bis die Kartoffeln gar sind.

3 Die Kartoffeln mit etwas Butter pürieren. Mit Honig und Zimt würzen. Die Aprikosen mit der Kartoffelmasse vermischen.

4 Ein Häufchen Füllung jeweils auf einen Pfannkuchen geben und diesen zusammenrollen. Erhitzen und mit einem Klacks saurer Sahne und etwas Honig servieren.

HONIG-PFLAUMEN-EIS

Für 4 Personen
250 g Pflaumen
1 EL Milchpulver
6 EL Honig
2 EL Joghurt
Ein paar Tropfen Vanilleessenz
150 ml Schlagsahne

1 Die Pflaumen in eine Schüssel geben und mit kochendem Wasser übergießen. Nach 1 Minute platzt die Haut auf. Abtropfen lassen und kaltes Wasser über die Früchte laufen lassen. Die Pflaumen enthäuten, entsteinen und fein hacken.

2 Zusammen mit Milchpulver und Honig in einem Mixer zu einer glatten Masse pürieren. Joghurt und Vanilleessenz einrühren. Die Mischung im Tiefkühlfach gefrieren lassen.

3 Wenn sie fast ganz fest ist, aus dem Tiefkühlfach nehmen und schlagen. Die Sahne schlagen und Eis und Sahne miteinander verrühren. Wieder ins Tiefkühlfach geben.

APFEL-ADZUKIBOHNEN-PASTETE

Für 4–6 Personen
Teig
Siehe Seite 96
Geschlagenes Ei zum Glasieren
Füllung
250 g Adzukibohnen, eingeweicht und gekocht
2 Kochäpfel, geschält, entkernt, in Scheiben geschnitten
2 EL Honig
1 TL Mischgewürz
Geschlagenes Ei zum Glasieren
Zum Servieren:
Sahne

1 Das Backrohr auf 230° (Gas Stufe 8) vorheizen. Den Teig zubereiten und in den Kühlschrank geben. Den gekühlten Teig in zwei Portionen teilen und ausrollen. Mit einer Portion eine eingefettete Pastetenform (22 cm ∅) auslegen.

2 Adzukibohnen, Äpfel, Honig und Gewürze vermengen und in die Teigform füllen. Mit dem zweiten ausgerollten Teig bedecken und mit Ei bestreichen. Den „Deckel" einritzen. Die Pastete 30 bis 40 Minuten backen, bis die Oberseite goldbraun ist. Mit Schlagsahne servieren.

APFEL-ERDBEER-BROMBEER-KUCHEN

Für 4 Personen
4 Kochäpfel
1 EL Honig
100 g Erdbeeren
100 g Brombeeren
250 g Vollkornmehl
100 g Butter
2 EL Sesamsamen
1 TL Mischgewürz
1 Prise Salz
Zum Servieren:
Sahne

1 Das Backrohr auf 180° (Gas Stufe 4) vorheizen.

2 Die Äpfel schälen, entkernen und in Scheiben schneiden. Die Scheiben in eine flache feuerfeste Form legen, etwas Wasser und 1 EL Honig dazugeben und die Äpfel zugedeckt 30 Minuten lang im Rohr garen.

3 Inzwischen Erdbeeren und Brombeeren putzen. Die Erdbeeren in Scheiben schneiden.

4 Krümelteig: Die restlichen Zutaten in eine Schüssel geben und mit der Butter verkneten, bis eine bröselige Masse entsteht.

5 Wenn die Äpfel weich sind, Erdbeeren und Brombeeren dazugeben und alles Obst vermengen. Nach Geschmack noch Honig hinzufügen. Die Krümelmasse auf dem Obst verteilen und fest andrücken. 15 Minuten im Rohr goldbraun werden lassen. Heiß oder kalt servieren. Sahne dazu reichen.

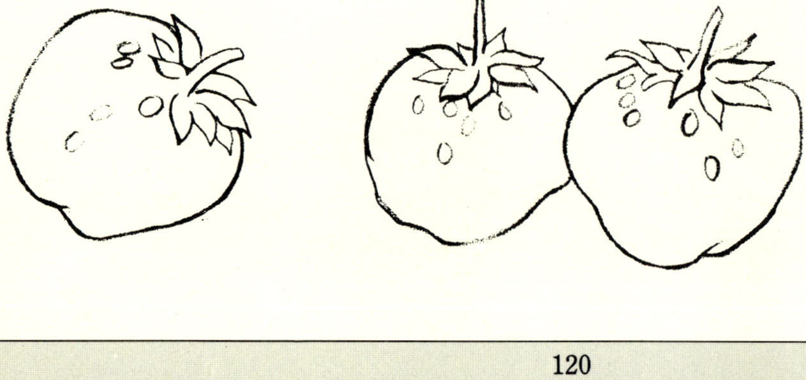

BRAUNER REISPUDDING

Für 4 Personen
100 g Naturreis
500 ml chinesischer Tee
1 Zimtstange
50 g Sultaninen
50 g getrocknete Aprikosen, gehackt
50 g Mandeln
Zum Garnieren:
Frisches Obst, in Scheiben geschnitten

1 Den Reis gründlich unter fließendem Wasser waschen. Zusammen mit dem Tee in einen schweren Topf füllen und mit der Zimtstange etwa 1 Stunde köcheln lassen.

2 Das Backrohr auf 180° (Gas Stufe 4) vorheizen. Die Zimtstange entfernen und den Reis in eine feuerfeste Form umfüllen. Die restlichen Zutaten einrühren und den Reispudding etwa 25 Minuten backen, bis er gar ist. Heiß servieren oder in den Kühlschrank stellen und kalt servieren. Nach Geschmack noch mit frischen Obstscheiben garnieren.

CŒUR À LA CRÈME

Für 4 Personen
250 g Sahnekäse
100 g Joghurt
250 g Erdbeeren
150 ml Sahne
1–2 EL Honig

1 Den Käse mit dem Joghurt verrühren und in kleine herzförmige Schälchen füllen. Im Kühlschrank ganz kalt werden lassen.

2 Erdbeersauce: Die Hälfte der Erdbeeren mit Sahne und Honig verrühren. Den Käse auf kleine Teller stürzen und jeweils mit etwas Erdbeersauce und ein paar Erdbeeren verzieren.

BIRNEN MIT BLAUSCHIMMELKÄSE-WALNUSS-FÜLLUNG

Für 4–8 Personen
2 große oder 4 kleine reife Birnen
175 g Stilton oder Blauschimmelkäse
50 g Walnüsse, gehackt

1 Die Birnen waschen und halbieren. Vorsichtig das Kernhaus und die Stiele entfernen.

2 Den Käse zerbröseln und mit den gehackten Nüssen mischen. Diese Mischung in die Birnenhälften füllen und die Birnen servieren.

HONIG-ZITRONEN-KÄSEKUCHEN

Für 4–6 Personen
Krümelteig
100 g Vollkornkekse
1 EL gemahlene Mandeln
50 g Butter
Füllung
2 Eier
4 EL Honig
350 g Sahnekäse (Vollfettstufe)
Saft und Schale von ½ Zitrone

1 Das Backrohr auf 180° (Gas Stufe 4) vorheizen.

2 Die Kekse in einen Plastikbeutel füllen und mit einem Klopfer zu Krümeln zerkleinern. Die Butter zum Schmelzen bringen und die Krümel einrühren. Die gemahlenen Mandeln ebenfalls einrühren und die Masse in eine eingefettete Springform (18 cm ∅) füllen. Gleichmäßig verstreichen und andrücken.

3 Die Eier trennen. Die Eidotter und den Honig verrühren, dann den Sahnekäse unterrühren. Zitronenschale und -saft dazugeben und alles zu einer glatten Masse schlagen.

4 Das Eiweiß steifschlagen und ebenfalls unter die Käsemischung ziehen. Diese Füllung auf den Krümelteig geben und glattstreichen.

5 Den Kuchen auf der Mittelschiene des Rohrs etwa 20 Minuten backen, bis er fest und leicht goldbraun ist. In der Backform abkühlen lassen. Die Seitenwand der Springform abnehmen und den Kuchen vor dem Servieren im Kühlschrank ganz erkalten lassen.

INDEX